転生王女は今日も旗《フラグ》を叩き折る 0

目次

転生王女の緒戦《しょせん》。

二月十四日は、恋する乙女《おとめ》にとって大切な日である。

と言っても、私が転生したこの世界にバレンタインデーなんてものは勿論《もちろん》ない。キリスト教も聖ヴァレンティヌスも存在しないのだから。

でも、誰も知らないとしても、だ。

私はバレンタインに参加してみたい。

前世では、恋人はもちろん好きな人もいなかった。そりゃ、ちょっと格好良いかなって思った人くらいいたけれど、憧《あこが》れとも呼べない軽い気持ち。

バレンタインのチョコレートも、父さんと友達くらいにしかあげた事がなかった。

無理に参加したいとも思わなかったけれど、可愛い顔ではしゃぐ友達に、密《ひそ》かに憧れていた。

好きな人が出来た今、正々堂々とバレンタインに参加してみたい。

誰も気づかなくても、自己満足でも。恋する乙女の一人として、二月十四日にチョコレートを渡してみたいのだ。

そう意気込《いきご》んだ私の戦いは、一月の半《なか》ばに始まった。

オッケー、グー○ル。チョコレートの売っている場所を教えて。

『この付近でチョコレートを売っている店は見つかりませんでした』

ですよねー。

脳内で一人ボケツッコミをしつつ、項垂《うなだ》れた。

乙女の聖戦は、出だしから早速躓《さっそくつまず》いた。

この世界でもカカオ豆は存在している。一応、『チョコレート』なるものも存在はしているのだが、私が求めている物とは少し異《こと》なる。

こちらで、『チョコレート』とは、挽《ひ》いたカカオ豆の粉末と香辛料《こうしんりょう》を水で溶《と》いた飲料の事を指す。

貴族の間で好まれる飲み物なのだが……正直に言おう。私は美味しいと感じなかった。

現代日本で至高《しこう》の味を覚えてしまった私には、アレをチョコだと認めるのは無理だ。なんかザラザラしているし、苦いし、変なにおいもする。妙な後味が口の中に残るのもいただけない。

かといって、一から自分で作るという考えも浮かばなかった。

映画の影響を受けてチョコレート工場を見学に行った事のある身としては、あの工程《こうてい》を人力でこなすのは無理だと理解している。

でも、今になってその諦《あきら》めのよさを後悔していた。

あの時から試行錯誤《しこうさくご》を繰り返していれば、今頃は多少なりとも形になっていたかもしれないのに。

いや、まだだ。まだ時間はある。

取《と》り敢《あ》えず一度、チャレンジしてからまた考えよう。

まずカカオ豆を入手しなきゃだね。ユリウス様なら扱《あつか》っているかな？

「痛っ」

考え事をしていた私は、突然走った痛みに思わず声を洩《も》らす。

痛みを感じた頭を押さえつつ視線を向けると、髪が細い枝に絡《から》まっている。

「姫様？」

心配そうな声で呼ばれて振り返ると、テオが駆《か》け寄《よ》ってきていた。

温室の植物に水やりをしていた彼にも、私の小さな悲鳴が届いてしまったのだろう。

「テオ」

「どこか怪我でもしましたか？」

「ううん、そうではないの」

否定してから、「これよ」と絡まった髪を指差す。

「絡まってしまったんですね」

怪我をしたんじゃなくてよかったと、テオは安心したように息を吐《は》く。

「急に髪を引っ張られたからびっくりして……驚かせてしまってごめんね」

騒ぎ立ててしまった事が恥ずかしくて、早口で謝る。たぶん顔は赤くなっているだろう。

居たたまれなくて、焦《あせ》りながら髪を引き抜こうとした。

「ああ、待ってください」

私の手を押さえ、テオは制止の言葉を告げる。

驚きに固まっている間に、テオは私の髪に指を通し、丁寧《ていねい》に解《ほど》く。

「せっかく綺麗な髪なのに、傷《いた》めてしまっては勿体《もったい》ないです」

するりと解《と》けた髪を、テオはそっと掬《すく》い上げた。眩《まぶ》しげに細められた目を見ると、綺麗と言ってくれたのが社交辞令ではないと分かる。

丁寧に扱われすぎて、こちらが照れてしまう。

「もう動いても大丈夫ですよ。……姫様？」

顔を覗《のぞ》き込まれて、我に返った。

「あ、……ありがとう」

数度瞬《まばた》きを繰り返してから、お礼を言う。

しかしテオは不安そうな様子で、私を見た。

「許可なく髪に触れてしまって、不快にさせてしまいましたか？」

「違うわ。そうじゃなくて、器用だなって思って」

私は慌《あわ》てて頭を振った。

「そうですか？」

「そうよ。結構しっかり絡まっていたのに、あっという間に解いたからびっくりしたの」

「そんなに難しい事じゃありません。まぁ、ルッツだったら焦って更に絡まりそうですけど」

テオは私を落ち着かせようとしているのか、茶化《ちゃか》して言う。

信頼関係があるからこその雑な言い草に、思わず笑った。

「ルッツは一見繊細《せんさい》な美少年に見えるのに、性格は結構大雑把《おおざっぱ》よね。手先も不器用だし」

でも、そのギャップがルッツの魅力だと思う。

「オレも昔は不器用でしたよ。養護院にいた頃は、年下の女の子の髪を結《ゆ》ってあげていたんですが、下手だとよく怒られました」

「意外だわ」

素直に驚きを表すと、テオは苦笑した。

「今、多少マシになっているのは、そのお陰かもしれませんね」

遠くを見るような目でテオは言う。

過去を思い返すような表情は、いつもより大人びて見えた。

そういえば、昔の話ってあまり聞いた事がなかったよね。

魔力持ちのこの国での扱いを考えると、踏み込んでいいのか躊躇《ためら》ってしまう。

でも、気になる。

二人だけじゃなくて他の人達もだ。

レオンハルト様は、昔から落ち着いていたのだろうか。

クラウスは、出会った当初は爽《さわ》やか好青年だったんだよね。変わったきっかけが知りたいような、知りたくないような……。

ルッツとテオは、小さい頃、絶対に可愛かったと思うんだ。

彼らの過去を見に行く事は出来ないので、いつか聞いてみたいな。

魔導師達の過去。

思い描く景色は懐《なつ》かしいと感じる事はなく、ただひたすらに苦い。

町外れにある養護院の景色が、オレの一番古い記憶だ。

古びた石造りの建物と、その奥に広がる狭い農地。庭は結構広かったが、手入れのされていない木々が生えていて、小狭《こぜま》く感じる。

大人は初老《しょろう》の神父様が一人。子供の数は十人前後。途中で入った奴もいたし、ある程度育ったら、引き取られていった奴もいた。

養護院の暮らしは決して楽ではなかったが、今思えば、恵まれた部類に入るのだろう。腹いっぱい食える日はなかったが、食事はちゃんと日に二度あった。布団は粗末《そまつ》で古い物だけど、凍《こご》えて死ぬ奴はいない。

子供達も元気で、周辺住民との仲も比較的《ひかくてき》、良好《りょうこう》だったように思う。

建物内の部屋数は、さして多くない。

三才以下の子供は神父様と同じ部屋。それ以上は男女にざっくりと分かれているだけだ。朝の支《し》度《たく》時間は騒《さわ》がしく、狭い部屋の中はひっくり返したおもちゃ箱のよう。

「おっはよー！」

「……おはよう」

勢いよく布団を剥《は》がされた。

元気な挨拶は、寝不足の頭に響《ひび》く。鈍《にぶ》い痛みを訴《うった》える頭を押さえながら体を起こすと、同室の少年は不思議そうな顔でオレを覗き込んだ。

「どした？　元気ないね」

「ちょっと夢見《ゆめみ》が悪くてな……」

ここ半年くらい、数日置きに悪夢に魘《うな》されている。朝には詳しい内容を忘れてしまうが、何かに追いかけられる焦燥感《しょうそう》は、地味に精神を削《けず》る。

「どんな夢だよ」

「……忘れた」

「大丈夫なの？」

「ああ。あとで時間空《あ》いたら昼寝でもするよ」

欠伸《あくび》を噛《か》み殺《ころ》しながら、そう返す。昼寝する時間があるとは思えないが、これ以上追及されても困るので誤魔化《ごまか》した。

「お前ら、遊ぶ前に支度を済ませろー」

元気に駆け回る子供達の襟首《えりくび》を掴《つか》み、着替えを手伝う。それが終わると今度は、女子の部屋を訪れた。年下の少女の髪を結う約束をしていたからだ。

ちょこんと椅子《いす》に座って待っていた少女の名は、ラーラ。ふわふわの赤毛と吊り上がり気味の大きな目、薄いそばかすが可愛らしい。

養護院の前に捨てられていたので正確な年齢は分からないが、十歳になったオレより二つ下くらいだろう。

「痛っ」

髪に櫛《くし》を通し始めて、わずか五秒。小さな声をあげて頭を押さえたラーラは、振り返ってオレを睨《にら》む。

いつもオレの後ろをついて回っていた妹のような存在だが、最近は何故かつっかかってくる事も多くて扱いに困《こま》る。

「乱暴に扱わないでよ！　テオの下手くそ！」

「ちょっと引っ掛かっただけだろ？」

オレは櫛を片手に溜息《ためいき》を吐き出す。

「アンタの髪と違って、女の子の髪は繊細なの！」

「へいへい、すみませんでした。嫌なら自分でやるか、別のやつに頼《たの》めよ」

後頭部を掻《か》きながらそう言い捨てると、ラーラは言葉に詰まる。

「わざわざ下手くそなオレにやらせる必要ないしな」

「あ、アンタしか暇《ひま》な人いないしっ」

「オレだって暇じゃないぞ」

「いいの！　黙って手を動かしなさいよ！」

つん、とラーラはそっぽを向く。仕方なしに櫛で再度、ラーラの髪を梳《と》かし始めた。

手間取りながらも、なんとかみつあみにして紐《ひも》で括《くく》る。

出来上がった旨《むね》を伝えると、ラーラは椅子から立ち上がった。

「どう？」

「どうって……」

オレの前でラーラはくるりと回る。

どうと聞かれても、オレは困惑《こんわく》するしかない。

「いつも通りだけど」

「……本当、女心が分からない男ね」

目を吊り上げたかと思うと、ラーラは捨て台詞《ぜりふ》を残して部屋を出ていった。

支度を手伝ってやって怒られるのは割に合わない。それでも可愛い妹分なので、呆《あき》れはしても怒りはしないが。

オレも部屋を出ると、廊下にいたチビ達が駆け寄ってくる。

「テオ兄《にい》、おはよう！」

「テオ、おはよー！」

「おう、おはよう。よく眠れたか？」

纏《まと》わり付いてくるチビ達の頭を順番に撫でると、くすぐったいと言いながらも嬉《うれ》しそうに笑った。

厨《くりや》に入ると、朝食の支度をしていた神父様が振り返る。

「おはよう、テオ」

「おはようございます。水を汲《く》んできますね」

桶《おけ》が空《から》なのを確認してから言うと、神父様は笑顔で頷《うなず》いた。

「ああ、お願いするよ」

「テオ兄、僕は？」

「お前達は皿を並べてくれ。割らないように気をつけろよ」

元気な返事をして、食器棚へと駆け寄るチビ達を見送ってから、井戸に向かって歩きだす。

建物から一歩出ると、朝の冷気《れいき》に肌《はだ》が粟立《あわだ》った。

「さむ……」

腕を擦《さす》りながら呟《つぶや》いた声が、白く凍《こお》る。

寒いのは得意ではないが、冬の朝は好きだ。澄《す》み渡《わた》った空気を肺に取り込むと頭が冴《さ》えて気持ちいいし、生き物の気配《けはい》のしない静けさも落ち着く。

ゆっくりとした歩みで井戸へ行くと、そこには既《すで》に先客《せんきゃく》がいた。

細い腕で桶を持ち上げた少年は動きを止め、藍《あい》色の目でオレを一瞥《いちべつ》する。綺麗な形をした柳眉《りゅうび》が顰《ひそ》められたが、特に何も言う事はなく、再び手を動かし始めた。

「おはよう、ルッツ。早いな」

挨拶に返事はない。ルッツは無言で、釣瓶《つるべ》から桶へと水を移す。

無視された事は気にせずにオレも水汲みを手伝う。更に嫌そうな顔をされたが黙殺《もくさつ》した。

ルッツが養護院に来てから三年近く経つが、全く周りに馴染《なじ》もうとしない。

チビ達は無愛想《ぶあいそう》なルッツを怖がって近づかないし、オレと同年代の子供らも遠巻きにしている。

神父様も来た当初は歩み寄ろうと話しかけていたが、取り付く島もないルッツに困惑し、今では腫《は》れ物に触るような扱いになっていた。

「昨夜寒かったけど、毛布《もうふ》足りたか？　古いのでもよければ、確か神父様の部屋に予備があるから言ってくれ。もらってくるよ」

水の入った桶を二つ持ち上げながら問うと、ルッツは鬱陶《うっとう》しいといいたげな目でオレを見る。

「……なんでオレに構《かま》う訳？　放《ほう》っておいて欲しいんだけど」

心底《しんそこ》嫌そうな顔で言われると、苦笑するしかない。

強がりとか、気を引きたいなんて理由ではなく、本心で迷惑だと思っているとは知ってはいるが、簡単には引き下がれない理由がオレにもある。

「お前の傍《そば》って、気が楽なんだよね」

オレの言葉を聞いて丸くなったルッツの目は、すぐに怪訝《けげん》そうに眇《すが》められた。しかし言葉の意味を問う事はせずに、彼はオレに背を向ける。

こっちの事情に突っ込んでこない。その無関心こそが好ましいのだと、言えば怒らせる事が分かっているので、黙ってルッツの後を追った。

庭で遊ぶチビ達のはしゃぐ声を聞きながら、洗濯物《せんたくもの》を竿《さお》に干《ほ》す。

今日はシーツも洗ったが、天気がいいから昼過ぎには乾《かわ》くだろう。

一通り干し終えて一息つくと、見計《みはか》らっていたかのようにラーラが近付いてきた。干したシーツを捲《まく》りあげて顔を覗かせた彼女は、何故か少し不機嫌そうだ。

まさか朝、髪を引っ掛けたのをまだ根に持っているんじゃないだろうな。

適当に宥《なだ》め賺《すか》す算段《さんだん》をつけていると、ラーラが口を開く。

「ねぇ、テオ。なんでルッツに構うの？」

「……なんでって？」

きょとんと目を丸くすると、ラーラは逡巡《しゅんじゅん》するみたいに視線を彷徨《さまよ》わせた。

みつあみにした髪の先を指に絡めながら、言い難《にく》そうに口ごもる。

「……だって、なんかルッツって、何考えているか分からなくて怖いし。どうせ話しかけても無視するんだから、放っておけばいいじゃない。アンタがわざわざ優しくしてあげる必要ないわよ」

ラーラの言い方に引っかかりを覚え、オレは眉を顰める。

誰かに頼まれた訳ではない。オレの意志で話しかけているのに、どうしてそうなる。

それから、オレを持ち上げて、ルッツを貶《おとし》めるかのような言葉選びもいただけない。ラーラに悪気がなかったとしても、聞いていて気持ちのいいものではなかった。

「優しくしているつもりはない。誰と一緒にいようと、オレの自由だろ」

「最近、アンタ変よ。なんかテオらしくない」

ムキになった様子で訴えかけてくるラーラに、苛立《いらだ》ちが募《つの》る。

何故、オレの行動を他人に制限《せいげん》されなければならないんだ。

それに、オレらしいってなに？　勝手にオレという形を決めて、押し込めようとしないで欲しい。

何をしても誰といても、オレはオレなのに。

「……オレらしいってなに？　ラーラはオレの何を知っているっていうんだよ」

低い声は、思いの外突き放すような響きを持ってしまった。ラーラの頬が、サッと赤く染まる。羞恥《しゅうち》と怒りが混ざったような顔で、ラーラはオレを睨み付けた。

「そんな言い方ないじゃない！　私はアンタの為に言っているのに！」

オレの為を思うなら、放っておいて欲しい。胸中《きょうちゅう》で呟くが、声に出すほど非情《ひじょう》にはなれなかった。直情《ちょくじょう》的だし思い込みも激《はげ》しいが、悪い子ではないのだ。不用意に傷つけたくはない。

「心配してくれるのは有り難いが、別にオレは無理している訳じゃない。ルッツはお前が思う程、悪い奴じゃないよ」

笑いかけると、ラーラは大人しくなる。

「……アンタには私達がいるじゃない。あんな奴に近付かないでよ」

俯《うつむ》いたラーラは、か細い声で呟く。

その内容を頭が理解した瞬間、感じたのは喜びではなく怒りだった。

『私達』と明確《めいかく》な線を引く意味に、ラーラは気付いているのだろうか。同じ養護院に暮らしながら、たった一人を弾《はじ》き出す事の残酷《ざんこく》さを。

オレの顔が強張《こわば》ったのに気付いた様子はなく、ラーラはオレの手に、自分の手を重ねようとした。

水仕事で冷えた手に触れる柔《やわ》らかな温《ぬく》もり。

普通だったら好ましいであろう温度が、今は酷く厭《いと》わしいものに感じた。

反射的に振り払うと、ラーラは目を見開く。何が起こったのか分からずに呆然《ぼうぜん》としていた彼女は、すぐに顔をくしゃりと歪める。

傷つけたのだと、鈍いオレでもすぐに分かった。

「ごめん、ラーラ。オレは……」

「私だけじゃない！」

オレの謝罪に被《かぶ》せるように、ラーラは声を張り上げる。

「神父様だって、アンタがルッツに近付くのを良く思ってないわ！　テオは優しいから無理しているんじゃないかって、心配していたもの！」

親代わりである神父様もラーラと同じ気持ちだと知り、オレの絶望は深くなった。ルッツを哀《あわ》れんでの事ではない。いつか、オレも放り出される。いつか輪の外に弾き出されると漠然《ばくぜん》とした不安に苛《さいな》まれたからだ。

結局、オレは保身《ほしん》ばかり考えている。優しくなんてない。

「……っ」

胸を押さえた手に、ドクドクと煩《うるさ》く響く鼓動《こどう》が伝わる。体中の血が沸騰《ふっとう》したみたいに熱いのに、頭の芯《しん》だけがやけに冷えていた。

体の内側から、なにかが吹き出しそうになるのを、必死に押し止《とど》める。自分に何が起こっているのかは分からない。

分からないけれど、感情に呑《の》まれたら終わりだと本能的に感じていた。

「テオ、ラーラ」

突然現れた第三者の存在で、オレの感情は急速に冷えた。

ばしゃんと冷水《れいすい》を頭から浴びせられたように熱さは消え失せ、無意識に握りしめた掌《てのひら》に残る汗《あせ》だけが名残《なごり》として残った。

「どうしたんだい？」

争う声が聞こえていたらしく、やってきたのは神父様だった。

「仲の良い君達が喧嘩《けんか》なんて珍しいね。原因はなにかな？」

神父様は、気まずげに顔を背けるオレと泣きそうな顔をしたラーラを見比べて、少し考える素振《そぶ》りを見せる。

そして落ち着かせるようにラーラの頭を撫でて、家に入るよう促《うなが》す。そしてオレには、夕食後に話があるから部屋にくるようにと、言い置いていった。


食事を終えた後、神父様の部屋を訪ねるのは、正直気が重かった。足取りも自然と重いものになるが、所詮《しょせん》狭い家だ。すぐに着いてしまい、どうするかと扉《とびら》の前をウロウロしていたが、結局は扉をノックした。

返事があってから入室すると、神父様は書き物をしているようで、机に向かっている。

「少し待ってもらえるかな」

頷いてから、近くの椅子を引き寄せて座った。古びた木の椅子は少し傾《かたむ》いており、座り心地は悪いが、棒立ちしているよりマシだ。

ランプでぼんやりと照らされた部屋の中、神父様がペンを走らす音だけが響く。時折聞こえてくる子供達の声は扉を何枚か隔《へだ》てている為か、随分と遠く感じた。

「……よし。お待たせ」

神父様はペンを置き、本を閉じる。

おいでと手招かれたので、神父様の傍へと椅子ごと移動した。

真向かいまで距離《きょり》を詰められて、少し怯《ひる》む。膝《ひざ》を突き合わせる位置は、居心地の悪さを感じた。

叱《しか》られる前のガキみたいに俯いたオレを見て、神父様は苦笑する。

「ラーラと喧嘩したみたいだね」

怒るつもりはないと示す意図《いと》なのか、神父様の声は優しかった。

「ラーラが落ち込んでいたよ。君に嫌われたって」

「嫌ってなんて……」

呟いた声は、尻《しり》すぼみに消えた。

一緒に育ってきた妹のような存在を、嫌う訳がない。けれど気にしていないと言い切れる程、オレは大人ではなかった。

「ラーラは君が大好きだから、心配しているんだと思う。それは私も同じだ」

「神父様……」

「ルッツが孤立《こりつ》してしまっている現状《げんじょう》を、優しい君が憂《うれ》いているのは分かるよ。でも、それで君が他の子達とギクシャクしてしまっては、元も子もないだろう」

宥め賺す言葉に違和感を覚える。しかしオレが反論する前に、神父様は言葉を続けた。

「ルッツは他の子達と違って、少し難しい子だ。無理に馴染ませようとしても、却《かえ》って溝《みぞ》を深めてしまうかもしれない。暫《しばら》くは距離をとって、見守ってみてはどうだい？」

たぶん、神父様の言っている事は正しいのだろう。ルッツが難しい性格なのは事実だし、構いすぎると溝を深める可能性が高いのも、おそらくあっている。

それでも素直に従う気になれないのは、神父様の表情を見て、上《うわ》っ面《つら》だけ取《と》り繕《つくろ》った言葉だと理解してしまったからだ。

神父様はただ、面倒事を回避《かいひ》したいだけ。

狡《ずる》い大人は、『見守る』という聞こえの良い言葉を使って放置するつもりなんだろう。現に神父様は、三年間もルッツを放置し続けている。一向に距離を詰める様子はなく、きっと今後もそうするのだろう。ルッツが大きくなって、この家を出るまで。

そしておそらく、オレも『良い子』の枠組みから外れたら、同じ扱いをされるのだ。

オレらしくないオレは、いらない。

明るくて面倒見の良いテオでなくなれば、皆、離れていくんだ。

「最近、君の様子がおかしいと皆心配しているんだ。何か悩みがあるなら、教えて欲しい。私達は家族だろう?」

「……かぞく?」

薄く開いた口から、意図せず乾いた笑いが洩れた。

オレの様子がおかしいと気付いた神父様は、訝《いぶか》しげに眉根《まゆね》を寄せる。

「テオ?」

理解者の顔をする神父様に、強烈《きょうれつ》な苛立ちを覚えた。

良い子のテオしか、見ようとしないくせに。ルッツみたいに少し変わった行動をとったら、簡単にいらないって捨てるくせに。

家族だなんて言葉を、軽々しく使うな。

心臓がドクドクと早鐘《はやがね》を打つ。体中が熱い。

ラーラと喧嘩した時に感じた異変が、再び起こっている。

まずい、止めろと頭の中で別のオレが叫《さけ》ぶのに、怒りは収まるどころか加速《かそく》していく。吐き出してしまわないと、気がおかしくなりそうだった。

「どうしたんだ、テオ……」

伸びてきた手を振り払う。

「何も知らないくせに、勝手な事を言うな‼」

目の前が真っ赤に染まるような怒りを感じ、叫んだ。その瞬間、自分の中にあった何かが弾けた気がした。

オレの叫びに呼応《こおう》するみたいに、机の上にあった本がボウッと燃え上がる。

あまりにも突然の事で、何が起こったのか理解出来なかった。神父様も同じようで、燃える本を見つめたまま、数秒固まる。

「な、な……なにが？　これはどうなっているんだ⁉」

我に返った神父様は、燃える本を慌てて床に落とす。靴《くつ》で踏《ふ》んで火を消そうとしているが、勢いは弱まる様子もない。そのうちに本だけでは済まず、机の上にあった紙まで燃え始めた。火元から離れているのに何故だと、神父様は混乱《こんらん》している。

その様子をぼんやりと眺《なが》めるだけのオレと燃え盛る火とを交互に見る神父様の目に、疑念と恐怖が浮かぶまで、そう時間はかからなかった。

「テオ、目が……、きみの、その目の色は……」

神父様は、恐怖に震える声で呟く。

自分では見えないが、目の色が変化しているんだろうと理解出来た。

哀しくて苦しいのに、笑い出したい衝動がこみ上げてくる。

こんな人ならざる力が使えて、おまけに目の色まで変わるなんて。本格的に化け物じゃないか。

異変に気付いたのか、部屋の外も騒がしくなってくる。

子供達が押し寄せてくる未来を想像し、静かに絶望するオレの予想を裏切り、部屋に入ってきたのはルッツ一人だった。

「ルッツ……？」

「下がっていろ」

部屋の中の状態をぐるりと眺めたルッツは、怯《おび》える様子もなく部屋の中心まで進む。

燃え上がる炎がルッツの端整《たんせい》な顔に陰影を作る。熱さを感じていないのか、涼しい顔のままルッツは炎に手を翳《かざ》した。

ルッツがゆっくりと瞬きをすると、瞳の色が変わったように見える。炎が映り込んでいるだけかと思ったが、そうではない。空に浮かぶ月の如《ごと》き虹彩《こうさい》が、キラリと輝いた。

ルッツの周りを、白いモヤのようなものが覆《おお》っていく。

それはだんだんと広がり、オレや神父様をも取り囲む。やがて部屋全体に霧《きり》が発生しているよう

に霞《かすみ》がかった。

実際の霧のように、空気は重く冷たい。

幻ではないのだと実感したのとほぼ同時に、キン、と硬質《こうしつ》な音が鳴る。

瞬きする間の出来事だった。

燃え盛る炎は消え失せ、代わりに氷が部屋を覆っている。

空気中を漂《ただよ》う氷の粒《つぶ》が、ランプの中の光を弾いてキラキラと輝く。現実離れした光景は、酷く美しいものだった。

自分の置かれた状況も忘れ、見惚《みと》れてしまうほどに。

「…………神よ。いったい、何が起こっているというのです……？」

神父様は床にへたり込み、呟く。

現状を理解出来ないというより、理解したくないと拒んでいるかのようだった。

ルッツは視線をオレに向ける。相変わらずの無表情だったが、藍色に戻った瞳には、気遣《きづか》うような色が見て取れた。

しかし何か言葉をかけてくる事はなく、神父様の方に向き直る。

放心《ほうしん》状態の神父様に、ルッツはこう言い放った。

「オレも、コイツと同じ種類の化け物です」

大きく見開かれた目は、恐怖に濁《にご》っていく。

淀《よど》んだ瞳の色を、オレは一生忘れられないだろう。

その日を境に、オレの境遇は一変した。

具体的に何が起こったのかは聞いていないだろうが、同年代の奴等はオレにあまり話しかけなくなった。チビ達が近付いてこようとしても神父様が遠ざける。あんなにオレの後をついて回っていたラーラも同じ。目すら合わせてくれなくなった。

一度、廊下《ろうか》でぶつかってしまった時は、オレだと分かると小さな悲鳴をあげて逃げていった。

遠ざかる背中をぼんやりと眺めながら、自分の立場を思い知る。

孤立なんて言葉すら生易《なまやさ》しい。オレは排除《はいじょ》されるべき異物《いぶつ》になった。

「テオ？」

古い記憶を掘《ほ》り返していたオレは、名を呼ばれて我に返る。

心配そうに見上げてくる青い瞳に、呆《ほう》けたオレの顔が映っていた。

「どうかした？」

「ちょっと、考え事をしていました」

へらりと笑うが、表情は晴れない。でも姫様は無理に聞き出すつもりはないらしく、困ったような顔で「そう」と頷いた。

姫様は、気遣いが上手い。踏み込んで欲しくない部分は、ちゃんと退《ひ》いてくれる。でも一緒にいたいと思うのは、そんな理由ではない。

だって姫様が相手ならば、心配されるのも、踏み込まれるのでさえ嬉しいと感じる。

「……昔を思い出していたんです」

「え？」

「ガキだったなぁって」

呟くのと同時に、自然に苦笑いが浮かんだ。

今思えば、神父様だけが悪い訳じゃない。オレにも原因はあった。

全てを受け入れてもらえない事に嘆き、それなら全部いらないと投げ出そうとした。

癇癪《かんしゃく》を起こした子供が、地面に寝っ転がって足をバタバタさせていたようなものだ。欲しいなら欲しいと、ちゃんと言えばいいのに。いらないと撥《は》ね除《の》けながらも、物欲しそうに見ている。そんな我儘《わがまま》なクソガキだった。

今ならもう少し、歩み寄れたかもしれない。

そこまで考えて、前提が違う事に気付いた。

そもそも、姫様に出会えてなければ、今のオレにはなり得《え》なかった。自分がガキだったと気づけたのも、全部受け入れてもらえずとも、少しずつでも分かり合っていけると知ったのも、姫様がいたからだ。

「テオ？」

きらきらと輝くプラチナブロンドを一房《ひとふさ》、指に絡める。姫様は不思議そうな顔をしているが、咎《とが》められる事はない。

こうして触れられる距離にいるのが奇跡のようだと、改めて感じた。

「姫様……」

「あー‼」

呼びかけた声に、大きな声が被せられる。ほぼ同時に、ドサリと重い物が落ちる音がした。

見ると温室の入り口で、立ち尽《つ》くすルッツ。そして姫様の護衛騎士が、ルッツと同じ姿勢《しせい》で固まっていた。

二人の足元には肥料《ひりょう》の袋が転がっている。荷物運びから帰ってきたところだったらしい。

「な、なにしてんの……⁉　テオ、姫から離れろ！」

叫びながら駆け寄ってくるルッツの背後《はいご》で、護衛騎士が剣の柄《つか》に手をかけている。目が据《す》わっているように見えるのは、錯覚《さっかく》ではないだろう。

「帰ってくるなり騒がしいわね。何事なの？」

呆れたように溜息を吐《つ》く姫様に、苦笑する。

この人の周りは、いつも騒がしい。でもそれすらも幸せだと感じる。

姫様の傍にいられる今を形作る足がかりになったのなら、辛い過去も必要なものだったとさえ思えるんだ。

護衛騎士の過去。

「あ、あのっ、クラウス様」

　城の長い廊下を歩いている途中で、背後から呼び止められる。振り返ると見覚えのない女性が立っていた。

　高い位置で結った栗《くり》色の髪と、目尻の下がった同色の瞳。年の頃は十六、七くらいだろうか。身を包む濃紺色のワンピースと白いエプロンは侍女《じじょ》の制服だ。

　彼女の緊張を表すように、胸の前で組まれた細い手は小さく震えている。潤《うる》んだ瞳で見上げてくる健気《けなげ》な様子を見たら、多くの男は庇護欲《ひごよく》を掻き立てられるのだろう。

　しかしオレは、媚《こ》びを含んだ眼差《まなざ》しに嫌な予感を覚えた。

「何か御用ですか？」

　薄っぺらい笑みを貼り付けて、事務的な口調で話す。

　女性は少し怯んだみたいだが、オレの前から逃げ出す事はなかった。

「お手間は取らせませんので、少しだけお時間をいただけませんか？」

「どうぞ」

「ここで……ですか？」

　間髪《かんはつ》を容《い》れずに返すと、女性の戸惑いは大きくなる。

視線をチラチラと中庭の方に向けているところから察するに、場所をそちらへ移そうという意図らしい。だが、頷いてやる義理はなかった。

「ここではまずい事でも？」

「その……個人的なお話なので」

「個人的な話ですか。私も貴方も今、職務中ですよね」

冷めた声で告げると、女性は目を見開く。何を言われたのか、一瞬理解出来なかったらしい。じわりと目尻に涙が浮かぶ。

「ご、ごめんなさいっ！」

女性は声を詰まらせながら謝罪すると、逃げるように駆けていく。

遠くで見ていたらしい近衛《このえ》騎士は、オレを責めるような眼差しを向けてきた。

常識的な指摘《してき》をして、何故悪者に仕立て上げられなければならないのか。

苛立ちながらも、再び歩き始めた。

最近、ああいう手合《てあ》いが増えた。

家柄も外見も悪くはないので前から女性に言い寄られる事はあったが、王女殿下の護衛に就《つ》くと決定してから明らかに増えた。

おそらく、出世《しゅっせ》が見込める優良物件《ゆうりょうぶっけん》だと判断されたのだろう。迷惑極《めいわくきわ》まりない。仕事も真面目に熟《こな》さず、結婚相手を探す事だけに必死な女性など、妻にしたいはずもないのに。

「おーっす」

前から歩いてきたのは、同期のデニスという男だ。

オレに気づき、ゆるい挨拶をしながら片手を挙げる。オレの顔を見ると、『おや』と言いたげに片眉をあげた。

「なんで変な顔しているんだ？」

「生まれつきだ」

「女の子達に大人気の色男がよく言うぜ」

仏頂面《ぶっちょうづら》で応《こた》えると、デニスは笑い飛ばす。彼の言葉にさっきの出来事を思い出してしまい、更に眉間《みけん》の皺《しわ》が深くなった。

それを見てデニスは、何かを悟《さと》ったみたいに頷く。

「さては、また女の子に告白されたか。羨《うらや》ましい事で」

「代わってやる」

「わぁ、嫌味《いやみ》。そういう態度が上司や同期に嫌われる理由だぞ」

割と付き合いも長くなってきたからか、互いに遠慮《えんりょ》のない物言いだ。

デニスの言いたい事も分かるが態度を改める気はない。難癖《なんくせ》をつけてくる上司も、僻《ひが》む同期もいらない。

人の足を引っ張る事しか考えていない連中と懇意《こんい》にして、一体何になるというんだ。

「可愛い女の子に告白されて、なにが不満なんだか」

デニスは心底理解出来ないという顔で、首を傾げる。

「仕事中に結婚相手を探すような女性はお断りだ」

「その調子で断ったのか。自業自得とはいえ可哀想《かわいそう》に……。あんまり泣かせるなよ」

「そんな気の弱い女性が、職場で告白なんかする訳ないだろう」

ああいった女性は大抵、涙の効果を知っている強《したた》かな人間だ。

「手厳しいな。いや、理想が高いのか？」

「理想？」

「おう。真面目で大人しい女の子がクラウスの好みか？　か弱い深窓《しんそう》の令嬢《れいじょう》とか」

デニスの言葉とオレの好みは真逆だ。

真面目な方が確かに好ましいが、性格は大人しいよりもキツいくらいの方がいい。可憐《かれん》な少女より色気のある大人の女性。

強気な目で見下されるのを想像すると、ゾクゾクする。

「職務中だ。くだらないお喋《しゃべ》りに付き合っている暇《ひま》はない」

とんでもない想像をしながらも、すました顔で告げると、デニスは「へいへい」と肩を竦《すく》めて立ち去った。

デニスがいなくなったのを確認してから、溜息を吐き出す。

オレには人に言えない性的嗜好《しこう》がある。異性に蔑《さげす》まれたり、肉体的苦痛を与えられたりすると性的興奮を得るのだ。

同性は対象にならないので職務には支障《ししょう》をきたしていないが、周りに人が増えれば、知られる危険も増える。信頼出来ない女性を傍には置けない。

自分の性的嗜好を嫌悪せず、且《か》つ口が堅い相手なんてそうそういるはずもなく、探す手間を考慮《こうりょ》すると、生涯独身《しょうがいどくしん》でもいいとすら思う。もちろん、周囲が許せばという前提《ぜんてい》があっての話だが。

どちらにせよ、先の話。今は結婚よりも仕事の方が大切だ。

王女殿下をお護《まも》りするという大事なお役目を全《まっと》うせねば。


我が国の第一王女　ローゼマリー・フォン・ヴェルファルト殿下は、まるで御伽噺《おとぎばなし》の姫君のような御方だ。

緩《ゆる》く波打つプラチナブロンドに、透明度の高い宝石の如き青い瞳。整った鼻梁《びりょう》と淡い桃色の唇《くちびる》、雪花石膏《せっかせっこう》の肌。幼いながらも将来は絶世《ぜっせい》の美女になるであろうと分かる美しさ。しかし、ご本人は整った容姿や身分に驕《おご》る事がないという。

遠くからお姿を拝見《はいけん》していただけの時は、噂は所詮噂だと思っていたが、傍に仕えるようになって、すぐにご本人は噂以上の方だと気付いた。

殿下は貴族だけでなく、使用人にも優しい。

侍女が誤って茶器を落とした時は、失敗を咎めたりなさらなかった。

それどころか、怪我はないかと侍女を気遣っておられた。

美しい容姿に美しい心。その上、勤勉《きんべん》な性質をお持ちだというのだから、非の打ち所がないとはまさにこの事だ。

「クラウス」

「はっ」

愛らしい声で呼ばれ、応える。

ソファーから立ち上がった殿下は、オレへと視線を向けた。光の差し込み具合で海にも空にも見える美しい碧眼《へきがん》に、自分が映っている事がとても不思議な心地だ。

「図書館へ行きます」

「かしこまりました」

殿下は、本がお好きなようだ。

しかし読まれる本は子供が読む御伽噺の類《たぐい》ではなく、大人が読む専門書。

教師に教わった内容を復習《ふくしゅう》するだけでなく、自分が気になった部分を掘り下げているというのだから末恐ろしい。

今日も図書館に着くと、歴史書が並べられた本棚の前で立ち止まって、手にとっていらっしゃる。小柄《こがら》なローゼマリー殿下が背伸びをして本を取る様子を見ていると、どうにも手助けしたくなるが我慢《がまん》だ。

殿下は、人を使うのがあまり好きではないご様子。

一人で本を読む時が、一番寛《くつろ》いでいると知っているので、必要以上には近付かないようにしている。

今も図書館の出入り口に立ち、周辺に気を配るに留めていた。殿下が視界に入る位置を保ちつつも、あまり凝視《ぎょうし》しないよう気をつける。常に見張られていては、落ち着かないだろう。

暫く見守っていると、読みたい本が見つかったらしい。

分厚い本を両手で抱えた殿下は、近くのテーブルへと近付いていく。細い腕で運ぶ様《さま》は、正直見ているこちらがハラハラした。

本との対比《たいひ》で、まだ年齢は二桁にも届かない幼い少女なのだと改めて思い知らされる。

殿下はお寂《さび》しくはないのだろうか。

いくら大人びていらっしゃるとはいえ、本来ならばまだ母親に甘えていても許される年齢だ。それなのに両親も兄君も傍にはおらず、仲の良かった弟君も本格的に教育が始まり、あまりお会い出来ていないらしい。

王族という身分を考えれば仕方がないのかもしれないが、随分と酷な環境だ。

聡明《そうめい》な御方だからこそ、自分の気持ちを押し殺してしまっているのではないかと心配になる。

黙々と本を読んでいる殿下の横顔からは、感情を読み取る事は出来ない。

細い窓から差し込む光が、殿下の端整な顔を照らす。長い睫毛《まつげ》が瞳に影を落とす様は溜息がでるほどに美しい。

ガラス細工のような儚《はかな》さは、容姿だけでなく内面も同じだろうと思わせる。

健気で繊細な姫君のお心までもお守りしたいと思うのは、どう考えても分不相応《ぶんふそうおう》というものだろう。オレが踏み込んで許される領域《りょういき》ではない。

ご家族、もしくはいずれ隣に立つ御方のみが持つ権利。

オレに出来るのは、いつか殿下が優しく包み込んでくれる男性に巡《めぐ》り合えるよう祈《いの》る事だけだ。

よく晴れた日の午後。

本日も図書館へと向かう殿下の護衛をしていたオレが、庭に面した廊下にさしかかった時、視界の隅《すみ》で何かが動いた。

近付いてくる何かを視認《しにん》し、即座《そくざ》に剣の柄に手をかける。しかし親指で鍔《つば》を押し上げる直前に、駆け寄ってきたのが誰かを理解して手を止めた。

「ねえさまっ!!」

駆けてきた勢いのままに飛びつかれて、ローゼマリー殿下は悲鳴を上げる。弟君であらせられるヨハン殿下の頭が、腹部にちょうどめり込んだらしい。あれは痛い。

王子殿下に手を出す訳にはいかなかったとはいえ、背に庇《かば》えばよかった。ローゼマリー殿下の華奢《きゃしゃ》なお体では、子供一人を受け止めるのも難しいだろう。骨が折れていたらどうしようかと、今更ながらに青褪《あおざ》める。

「お怪我は?」

問いかけると、ローゼマリー殿下は健気にも「大丈夫よ」と笑ってくださった。本当に、お優しい方だ。

役に立たなかったオレを責めるなり、弟君を叱るなりしても許されるというのに。

力いっぱい抱きつかれて苦しそうではあるが、ヨハン殿下を引き剥がそうとはしない。

困ったような苦笑いは少し大人びて見えて、ローゼマリー殿下の姉としての一面を垣間《かいま》見たような気がした。

仲の良いご姉弟《きょうだい》を見守っていたオレは、近付いてくる人の気配に振り返る。

癖《くせ》のないプラチナブロンドに、冬空の色をした瞳。端整な顔立ちは表情がないせいで人形めいて見える。ようやく年齢が二桁に届いたとは思えぬ落ち着いた佇《たたず》まいの少年。

第一王子クリストフ殿下は、ヨハン殿下を見つけると口を開いた。

「ヨハン」

名前を呼ばれたヨハン殿下は、ビクリと肩を竦ませる。

「鍛錬《たんれん》の途中だ。戻りなさい」

クリストフ殿下は冷えた眼差しでヨハン殿下を見据え、淡々《たんたん》と告げる。変声期《へんせいき》前の声に似合わぬ迫力《はくりょく》があった。

当然だがヨハン殿下は益々《ますます》怯えて、ローゼマリー殿下に強くしがみつく。痛いだろうにローゼマリー殿下は顔に出さず、クリストフ殿下に向けて微笑《ほほえ》んだ。

「ごきげんよう、クリス兄様。鍛錬のお邪魔をしてしまったようで、申し訳ありません」

対するクリストフ殿下は、「いいや、お前のせいではないよ」と頭を振る。

表情にあまり変化はないものの、眼差しは和《やわ》らぐ。

おや、と思った。

冷えた関係である家族の中で、ヨハン殿下とローゼマリー殿下だけが互いに肉親としての情を持っていると考えていた。

しかし、クリストフ殿下の優しい目を見ると、それが間違いであったと気付く。

「ヨハンは、暫くお前に会えなくて大層沈《しず》んでいたからな」

クリストフ殿下の言葉を聞いて、ローゼマリー殿下の表情が曇《くも》る。

気にしなくていいと言われても、意図せず鍛錬の邪魔をしてしまったのを悔《く》いているんだろう。

思案《しあん》している様子から察《さっ》するに、おそらく明日からは、図書館へ向かう時間帯と順路《じゅんろ》が変わるはずだ。

「……ヨハン」

ご意向《いこう》に沿《そ》い、且つお手間を取らせない道順を頭の中で組み立てていると、ローゼマリー殿下の声が聞こえた。

抱きつこうとするヨハン殿下の肩を押し、体を離す。自分よりも少し背の低いヨハン殿下の目線に合わせ、ローゼマリー殿下は膝を曲げた。

姉として弟を諭《さと》すつもりなのだろう。

ヨハン殿下に甘そうな様子のローゼマリー殿下にそれが出来るのかは分からないが、オレは見守る事しか出来ない。

クリストフ殿下も静観《せいかん》するようだ。そして、いつの間にかその背後にはオレの上官であるレオンハルト・フォン・オルセイン様が立っていた。

護衛かと思ったが、手には木剣《ぼっけん》が握られているので鍛錬中だろう。そういえば教師として、ヨハン殿下に剣術を教え始めたと聞いた。

彼もローゼマリー様の動向を黙って見つめていた。

「姉様っ」

潤んだ目で見上げるヨハン殿下に、ローゼマリー殿下が困ったように微笑む……というオレの想像は、次の瞬間崩《くず》れ落ちる。

「ヨハン。お兄様に謝りなさい」

冷えた声で告げられた内容を、すぐには理解出来なかった。それほどに、衝撃だったのだ。しかし、夢でも幻でもないと証明するように、ローゼマリー殿下は厳しい表情をされている。

ヨハン殿下を諭すのではなく叱っている。あの優しい御方が。

唖然《あぜん》とするオレと同じく、クリストフ殿下とレオンハルト様も驚いている。誰にとっても予想外だったようだ。

ヨハン殿下も例外ではなく、目を大きく見開いていた。呆けた顔はいつもより更に幼く見え、小柄な体つきも相まって酷く頼りなげに見える。

しかしローゼマリー殿下は、絆《ほだ》されなかった。

「クリス兄様はお忙しい中、時間を割《さ》いて貴方と共に鍛錬してくださっていたの。それを貴方は投げ出したのよ」

言い聞かせるようにゆっくりと、しかし有無《うむ》を言わせぬ強い口調だ。

「謝りなさい」

一呼吸置いてから、ローゼマリー殿下は告げた。

普段の物静かなお姫様からは想像も出来ない、凛《りん》とした表情と真剣な眼差しに衝撃を受ける。

ローゼマリー殿下は、か弱く可憐な方だと思っていた。

誰かが守って差し上げなければ傷ついてしまうような、脆《もろ》くて儚い女性だと。しかし、そんなものはオレの勝手な思い込みだった。

ローゼマリー殿下は弱くなどない。

剣を持って自ら戦えなくとも、自分の足で立ち、自分の頭で考える事が出来る。

脆く砕け散るガラスなどではなく、美しく硬い宝石だ。あの御方の優しさの根底には、強さがあったのだ。

「……ご、め……なさ……」

ヨハン殿下は俯き、小さな声でぼそぼそと呟く。

涙を堪《こら》えているのか、鼻の頭を赤く染めている。

しかしローゼマリー殿下が、情に流される事はなかった。

「聞こえません。ちゃんと顔を上げて、兄様の方を見て、もう一度」

厳しい声音は、姉というより母のようだ。幼い少女のどこにその強さがあるのかと、不思議な気持ちで見守る。

「ごめ、なさ……」

「もう一度」

「……ごめんなさいっ!!」

ヨハン殿下は背筋《せすじ》を伸ばし、叫ぶ。辺りに響くような大きな声だった。

肩で息をするヨハン殿下を見つめていたローゼマリー殿下の顔が、次の瞬間、嬉しげに綻《ほころ》んだ。

「……っ」

それを見た時の衝撃は、さっきの比ではない。胸を矢で射貫《いぬ》かれたかのよう。

叫ばなかった自分を褒《ほ》めてやりたくなったほどだ。

なんて……なんて、美しい人だろう。

容姿以上にその御心の美しさに、感嘆《かんたん》の息を洩らす。

大切な相手には誰しも、好意を持たれたいと思うものだ。

ローゼマリー殿下にとってヨハン殿下は大切な弟君。嫌われたくはないだろう。

クリストフ殿下とも距離が縮まった様子なので、心証《しんしょう》が悪くなる事は避《さ》けたいはずだ。

それなのにローゼマリー殿下は、クリストフ殿下の前でヨハン殿下を叱ってみせた。自分には何の得《とく》もないというのに、弟の成長の為、そして兄弟の橋渡しの為に悪役を買って出た。

こんなにも強く美しい女性を、オレは他に知らない。

今までのオレは、女性の強さを履《は》き違えていたと気付く。

気が強い女性を好ましいと思っていたが、本当に芯の強い女性は必要以上に周囲とぶつかったりしない。弱いからこそ牙《きば》をむく。誰彼構わず噛み付くのは、心が脆い証拠だ。

強い人は誰に対しても穏やかに接し、争いを避ける。けれど譲れない線は確かに存在していて、それを守る為なら一歩も引かない……そんな女性の方が、ずっと魅力的だ。

オレはローゼマリー殿下を見つめながら、胸中でそう呟いた。


翌日から、オレの心境の変化が視界にまで影響を及ぼし始めた。

ローゼマリー殿下のお姿が、輝いて見える。

陽光《ようこう》を紡《つむ》いだようなプラチナブロンドが光を弾いて輝いているが、そうではない。

もちろん、御髪《おぐし》も奇跡の如く美しいが。

昼でも夜でも、日向《ひなた》でも日陰でも、かの御方がいる場所だけが明るく見える。小さな動作一つ一つが眩しい。

今は自室で読書をなさっているが、ページを捲《めく》る白い指先すら尊《とうと》く見えた。

じっと見守っていると、殿下は顔をあげてオレを見る。

澄み渡る青空のような瞳に、自分が映っていると考えるだけで息が止まりそうになる。でも、逸《そ》らして欲しくない。ずっと見ていて欲しいと浅《あさ》ましい願いさえ抱いてしまう。

しかしオレの心中など知らない殿下は、すぐに視線を逸らしてしまった。

小さな体が、居心地が悪そうに身動《みじろ》ぐ。

もしや、ずっと見られているのが落ち着かないのだろうか。

一人のお時間を大切にしているのを知っていたので、昨日までは距離を置いていたし、視線もさり気なく外していた。

でも今は、昨日まで出来た事が出来ない。

少しでも目を離したくない。ずっと傍に置いて欲しい。

オレが離れた間に殿下に何かあったらと考えると、それだけで頭がおかしくなりそうなんだ。

暫く、室内に重苦しい沈黙《ちんもく》が落ちる。

数度、逡巡する素振りを見せた殿下は、やがて口を開いた。

「……クラウス」

名を呼ばれたのは初めてではない。

それにも拘《かか》わらず、心臓が跳《は》ねた。

「はっ」

返事をする声が震える。喉《のど》がやけに渇いた。

「私の顔に何かついていますか？」

じっと見すぎてしまった事を、言外《げんがい》に責められている。言い訳をしなければならないと分かっていても、頭の中が真っ白で何も思い浮かばなかった。

「……いいえ」

結局は、ただ否定するだけという情けない有様だ。

殿下の大きな目が呆れたように眇められる。冷えた眼差しを向けられた瞬間、雷に打たれたかのような衝撃が体中を駆け巡った。

ゾクゾクと背筋を快感が駆け上がる。

気を抜けば、膝から崩れ落ちそうだ。

誰にでも優しい殿下が、冷めた目でオレを見ている。

自分よりも周囲の人達を優先し、気遣う御方が、呆れを隠しもせずに。

特別扱いといっても、悪い方だというのに、顔が赤くなるのを止められない。

早く何とかしなければ、軽蔑《けいべつ》されてしまう。美しく尊い御方に蔑まれるかもと考えるだけで、体が熱くなるが、今はそんな場合ではない。

役に立たない護衛など、捨てられてしまう。それは嫌だ。

早く冷静にならなければ。せめて表面だけでも取り繕わなければ、きっと不要だと判断される。

「ならば私だけではなく、周囲にも気を配りなさい。対象を見守るだけが護衛ではないでしょう」

声は冷たかったが、内容は決して突き放すものではなかった。

幼い王女殿下とは思えない正論に驚くよりも、感激の方が大きい。

ヨハン殿下にされたように、オレの事も叱ってくださるのか。責めて罰するのではなく、叱り導《みちび》いてくださると。

興奮と感動に、体が打ち震える。

「はっ！」

泣き出しそうな歓喜《かんき》を胸に、敬礼《けいれい》した。

今までは、条件にあった結婚相手を探すのが面倒だという消極《しょうきょく》的な理由で、生涯独身でもいいかと考えていた。しかし今は、違う。理想の女性が目の前に現れたとしても、揺《ゆ》らぎはしない。オレは生涯、殿下を……いや、ローゼマリー様をお守りしたい。

ローゼマリー様が別の国に嫁いでも、貴族の家に降嫁《こうか》したとしても、ついていくつもりだ。近衛騎士団に所属している事が足枷《あしかせ》となるなら、辞《や》めても構わない。

オレはネーベル王家ではなく、ローゼマリー様に仕《つか》えたいのだから。

じっと見つめていると、ローゼマリー様は困惑したように眉を少し下げる。

叱ってくださるのだろうかと期待しながら待つが、結局、花びらのような唇からは言葉ではなく溜息が零れ落ちる。

本を片手に椅子から立ち上がったローゼマリー様は、オレを一瞥した。

「図書館に行きます」

冷めた目は、オレだけに向けられる特別なもの。

それを享受《きょうじゅ》出来る幸福に、暫し酔う。

「お供致《ともいた》します」

これから、ずっと。

そう心の中で噛みしめるように呟く。

するとローゼマリー様の細い肩が、ビクリと跳ねた。

周囲を不思議そうにキョロキョロと見回しながら、「寒気《さむけ》が」と小さな声でおっしゃっていたので、あとで温かい飲み物でもお持ちしよう。

大切なご主人様が、風邪でもひかれたら大変だ。侍女に膝掛けも用意させねば。

出来る事を頭の中で数えながら、オレは軽い足取りで、ローゼマリー様の後を追った。

騎士団長の過去。

「また振られたー！」

机に突っ伏しながら、男は叫ぶ。

結構な大きさの声だったが周囲の人間は誰も気にしない。元々賑やかな店内は、男の悲しみなど知らん顔で盛り上がっていた。盆《ぼん》を持った女給《じょきゅう》は酔っぱらいなど慣《な》れたものなのだろう。笑顔で空いたカップを下げている。

「これも下げてくれ。あとワイン追加で」

ついでに同期であるオレ達も、この手の愚痴《ぐち》は聞き飽《あ》きていた。

重ねた皿を女給に手渡しながら、追加注文をする友人の腕に、男はしがみつく。

「オレの何が悪かったんだ⁉　なぁ、教えてくれよ、エルンスト！」

「ええい、鬱陶しい！　まず、その酒癖の悪さを直すところから始めやがれ！」

振り払われても、男はめげない。

「彼女の前では酒なんて飲まなかったさ！　当たり前だろう⁉」

「酒癖の悪さは自覚しているんだな……」

呆れ混じりに呟くと、エルンストに絡んでいた男は、ぐりんと凄い勢いでこちらを向いた。

「なぁ、レオン！　オレのどこが悪かった⁉」

しまった。標的《ひょうてき》がこちらに移ったか。

腕を掴んで揺さぶられているせいで、カップの中のワインが不安定に揺れている。なんとか机の端に避難《ひなん》させてから、宥める為に男の背を軽く叩《たた》く。

「まずは落ち着け。話はゆっくり聞くから」

「うう……ドロテア。オレは君を運命の相手だと思っていたのに」

「よくもまぁ、運命の相手が毎月見つかるもんだな」

向かいに座るエルンストは、頬杖《ほおづえ》をつきながら大きな溜息を吐き出した。

「何が悪いって、その惚れっぽさが一番の原因じゃねえか？　月ごとに違う女を連れている奴に運命なんて言われても嘘臭いんだよ」

傷心の相手にも容赦《ようしゃ》のない言葉は、実に的確であった。

酔い潰《つぶ》れている友人、ギュンター・フォン・コルベは、オレ達と同じ王都の騎士団に所属する騎士である。子爵家の次男で、性格は社交的。容姿もそれなりに整っているのだから、女性に人気がないわけがない。

その証拠に、常に彼の隣には美しい女性がいる。

但《ただ》し、本人が今嘆《なげ》いているように、大体の場合が女性の方から別れを切り出されるようだ。

「オレはいつでも本気だ！」

「ああ、知っている」

相槌《あいづち》を打ちながらも、本気だからこそ余計に悪循環《あくじゅんかん》なんだよな、とは言わずにおいた。向かいの席に座るエルンストの顔を見ると、奴には言わずとも伝わってしまっているようだが。

ギュンターは甘い顔立ちと歯の浮くような言動で、軽い男だと思われる事が多い。近付いてくる女性も殆《ほとん》どが、一時《いっとき》の火遊びの相手としてギュンターを求める。

けれどギュンターは、本気で女性に愛を請《こ》う。その温度差に気付いた女性が、逃げてしまうという悪循環が起こっているらしい。

「今回はなんて言って振られたんだ？」

エルンストの無神経な質問に、ギュンターは怒るのではなく落ち込んだ。

「『貴方、思っていたのと違うわ』って……」

「見かけ詐欺だもんな。軽い外見に反して愛情は重量級。そりゃ女は潰れる前に逃げるさ」

項垂れたギュンターを慰《なぐさ》めるでもなく、エルンストは追い打ちをかけた。女給からワインを受け取りながら返事をするエルンストを、ギュンターは睨む。

「オレだって、こんな顔に生まれたくて生まれた訳じゃない！　お前みたいな、いかつい男に生まれたかった！」

「お？　喧嘩売ってんのか？」

「嘘だ！　レオンみたいな男前に生まれたかった！」

「ありがとな。水飲め、水」

酔っぱらいを適当に宥め賺し、ワインを置かせて、代わりに水を手渡す。

暫く騒いでいたギュンターは、段々と勢いがなくなり、テーブルに突っ伏す。

「オレはレオンになりたかった……。きっとレオンだったら、恋人に好きって言っても、引かれたり疑われたりしないんだろうなぁ……」

弱音なのか、愚痴なのか。

ギュンターは小さな声でボソボソと呟いていたが、やがて途絶《とだ》え、寝息《ねいき》が聞こえ始める。エルンストは、何杯目なのかも分からないワインを飲み干してから苦笑した。

「寝たか」

「寝たな」

上着を脱いで、ギュンターの肩に掛けてやる。

ぽん、と頭を叩くと「どろてあぁ……」と情けない声が聞こえた。

「ったく。何が悪いって、女の趣味《しゅみ》が悪いに決まってんだろうが」

エルンストの言葉に、オレは無言で同意した。ギュンターは確かに惚れっぽいが、決して二股《ふたまた》をかけたりしない。その時その時、真剣だ。

一途《いちず》な愛情に応えてくれる、一途な女性を愛せれば幸せになれるのに。人生とはままならないものだとしみじみ思う。

「それにしても、『レオンになりたかった』ねぇ。……お前も振られまくってるって、教えてやりてえわ」

「……煩い」

喉を鳴らして笑うエルンストを睨み付ける。

しかしエルンストは気にする素振りもない。

「お前ら、外見も中身も足して二で割れば上手い事いきそうなのにな」

他人事だと思って、勝手な事を言ってくれる。

少々苛立ちはしたが、反論するには耳が痛い言葉だったので、ワインと共に喉《のど》の奥に流し込んだ。

ギュンターはオレを羨ましいというが、オレも恋人には振られる事の方が多い。但し、理由はギュンターとは真逆。

『貴方に愛されている実感が、少しも湧かないの』と言ったのは確か、一年前に別れた女性だ。オレから去っていく女性はほぼ、そんな感じの言葉を告げる。

それなりに大切にしているつもりだったが、同じ別れ方を切り出されるのだから、オレに原因があるのは間違いないな。

「ギュンターはともかく、お前は独り身の方が向いていると思うぞ」

「オレもそう思うんだがな……」

エルンストの言葉に、つい遠い目をしてしまった。

オレの反応を見たエルンストは、器用に片眉を跳ね上げる。

「なんだ、その反応。……まさか、既に新しい恋人でもいるのか？」

また女性を泣かせる気かと、言外に責める声音だった。

「オレが諦めても、家族が諦めていなかったらしい」

いい加減身を固めろと、半ば強引に婚約《こんやく》させられた旨を話すと、エルンストは微妙《びみょう》な面持《おもも》ちで溜息を吐き出す。

「家同士の繋《つな》がりだと、相手のお嬢さんも割り切ってくれているなら良いと思うが……」

オレが苦笑いを浮かべると、エルンストは続きの言葉を飲み込んだ。代わりに追加でワインを注文し、それをオレに押し付ける。

ゴツンとカップ同士をぶつけた後、ギュンターの気の抜けた寝言を聞きながら、無言でワインを飲み続けた。

婚約者となった子爵家の令嬢、ルイーゼ・フォン・アンゲラーは物静かな女性だった。

癖のない栗色の髪に、透《す》き通るような白い肌。切れ長な目は紅茶の色をしている。目鼻立ちの整った美しい人だが、感情表現はあまり得意ではないらしい。話しかけても困ったような顔をされる事が多い。

何が好きなのかもよく分からないので、取り敢えず観劇《かんげき》に誘《さそ》ってはみたが、退屈《たいくつ》していないだろうかと気になった。

隣の席に座るルイーゼ嬢の様子をちらりと覗き見る。

オレが見ているのに気付いた様子もなく、ルイーゼ嬢の視線は舞台《ぶたい》上の役者に注がれていた。普段は落ち着いている彼女の目が、年相応に輝いているように見えるのは気の所為《せい》だろうか。

女王を演じる役者の一挙一動に、表情が僅《わず》かながらも変わるのが分かる。

劇が終わった後も、呆けたようにバルコニー下の舞台を眺めていた。その表情が微笑ましくて、つい小さく笑うと、弾かれたように顔をあげる。

ようやくオレの存在を思い出したらしいルイーゼ嬢は、青褪めた。

「も、申し訳ありません……私、夢中になってしまって」

か細い声で謝罪するルイーゼ嬢に、オレは頭を振る。

「楽しんでいただけたのなら、お誘いした甲斐がありました」

長い睫毛が、パチパチと瞬く。ほっと安堵《あんど》したようにルイーゼ嬢は、表情を緩ませた。

「とても、楽しかったです。誘ってくださって、ありがとうございました」

嬉しそうな笑顔を見て、この人とは案外上手くやっていけるかもと、オレは思った。


婚約が決まって三ヶ月。

少しずつだがルイーゼ嬢と打ち解けてきたように思う。

相変わらず口数は少ないが、話しかければ相槌を打ってくれる。笑顔を見せてくれる事も多くなってきた。

自己主張の苦手なルイーゼ嬢の好きなものは、まだ多くは知らない。劇と音楽、それと花が好きなようだ。オレの母も花が好きなので、実家の庭園は中々見事なものである。天気の良い日を選んで案内すると、想像通り、ルイーゼ嬢は嬉しそうだった。

「珍しい花が沢山あるのですね」

「母が好きなんです。ただ残念ながら私は疎《うと》くて、名前すら殆ど分かりません。雑草《ざっそう》との区別もつかなくて、よく母に怒られます」

「まあ」

ルイーゼ嬢は、楽しそうに笑う。

春の陽気に似合う、軽やかな笑い声だった。

「詳《くわ》しいのでしたら、宜《よろ》しければ教えてください」

「私が、ですか?」

ルイーゼ嬢は逡巡するように視線を彷徨わせる。

窺《うかが》うような視線に頷くと、薄く頬を染めた。五才年下の彼女を見ていると、妹がいたとしたらこんな感じなんだろうかと考える。

男兄弟しかいないから、新鮮な気分だ。娘が欲しかったと愚痴る母の気持ちが少し分かる。

花を指差しながら、一つ一つ丁寧に名前を教えてくれるルイーゼ嬢は、いつもより生き生きとしていた。

「兄さん!」

庭園を暫く散策《さんさく》していると、聞き覚えのある声がした。

振り返ると、門の近くに誰かいる。

黒髪、黒目の少年は、人懐っこい笑顔で大きく手を振っていた。

「ケヴィン」

久しぶりに会う弟の名を呼ぶ。

駆け寄ってくる姿は子供の頃の彼と重なるが、近付いてくると随分大きくなった事に気付いた。

以前は胸の下辺りに頭があったのに、いつの間にか身長差が頭一つ分まで縮《ちぢ》まっている。

「帰っていたんですね! 久しぶりに会えて嬉しいです」

「ああ、ケヴィンは随分と大きくなったな」

いつまでも子供のような気がしていたが、この分では追い抜かれる日も近いだろう。懐いてくれる弟の頭を撫でながら、嬉しいような寂しいような、複雑な気持ちを味わっていた。

「兄さんを目指しているので、まだまだですよ！　……ところで、そちらのご令嬢は？」

ケヴィンに問われて、ルイーゼ嬢の存在を思い出す。

少しの間とはいえ放置してしまった事に申し訳無さを感じつつ、彼女を見ると、所在《しょざい》なさげな顔つきで傍に立っていた。

「紹介が遅れてしまって、申し訳ありません。下の弟のケヴィンです。ケヴィン、こちらは……」

「……ルイーゼ？」

オレの言葉を引き取るように、別の声が彼女の名を呼ぶ。

声の主はケヴィンではなく、彼の後ろにいた青年だった。

「ルイーゼ！　ルイーゼじゃないか！」

赤毛の青年は、ルイーゼ嬢を見て嬉しそうに破顔《はがん》する。

親しげに話しかけられて困惑していたルイーゼ嬢だったが、青年の顔をじっと見つめた後、思い当たったような顔をした。

「……カール？」

「そうだよ、小さい頃によく一緒に遊んだカールだ」

青年の名は、カールというらしい。

どうやら彼とルイーゼ嬢は昔からの知り合いのようだ。

「随分大きくなったのね。誰だか分からなかったわ」

「酷いな。僕はすぐに分かったのに」

「どうせ私は、昔と変わってないって言いたいのでしょう？」

ルイーゼ嬢は拗《す》ねた口調で言った。人見知りである彼女が、自然体で饒舌《じょうぜつ》に話しているのを見ると、かなり親しい間柄だったのだろう。

「昔から可愛いのは変わらないけれど、綺麗になったよ。でも、君を見間違えたりしないさ」

カールは甘い微笑みを浮かべ、ルイーゼ嬢を見つめた。

おや、と思った。

ただの幼《おさな》馴染《なじみ》に向けるにしては、言葉も眼差しもやけに甘い気がする。初恋なのか、今も引きずっているのかは分かりかねるが、カールはルイーゼ嬢に好意を抱いているように見えた。

「えーっと……二人は知り合いなのかな？」

気まずげに口を挟んだのはケヴィンだった。

「あ！　悪い、ケヴィン」

慌てた様子で謝罪したカールは、「久しぶりに会えて、浮かれてた」と恥ずかしげに告げる。

「レオンハルト様、失礼致しました。カール・フォン・バイラーと申します」

どうやらカールという青年はケヴィンの友人らしく、今日はたまたま遊びに来ていたらしい。二人だけで盛り上がってしまった事を侘びてから、改めて挨拶された。

オレも簡単な自己紹介をしてから、ルイーゼ嬢を婚約者として紹介する。

すると、カールは驚きに目を見開いた。

「えっ……婚約者？」

衝撃を受けた様子のカールに、自分の予想が当たっている事を知る。

さて、どうするべきか。

家同士が決めた婚約とはいっても、政略的な意味合いは殆どない。破棄《はき》してもおそらく、両家共に困りはしないだろう。

ルイーゼ嬢は好ましい人柄ではあるが、女性として意識しているかというとそうではない。おそらく、向こうも。年齢を考えれば、カールとルイーゼ嬢の方がよほど似合いだ。

しかし、ルイーゼ嬢の気持ちも確認しないうちに先走る訳にもいかないか。

「ルイーゼ、婚約したのか……」

カールの呆けたような呟きを聞いたルイーゼ嬢は、はにかんで頷く。

オレとの婚約を嫌がっている表情ではないが……。

「そうか……おめでとう」

痛みを堪えるみたいな顔で、カールは告げる。

その表情を見て、悪い奴ではなさそうだと思った。少なくとも、好きな子の幸せの為に、身を引けるくらいには。

ケヴィンらと別れて庭の散策に戻った後も、オレはカールとルイーゼ嬢の事を考えていた。気もそぞろなオレに気付いたのか、ルイーゼ嬢は顔を曇らせる。

「レオンハルト様、ご気分が優《すぐ》れませんか？」

「あ、いや」

我に返ったオレは、心配そうに見上げてくるルイーゼ嬢に頭を振った。

「少し考え事をしていて……申し訳ない」

女性と二人でいるのに、失礼な事をしてしまった。ルイーゼ嬢は気にしていないと言ってくれたが、いい気はしないだろう。

理由を説明するべきかと考えて、迷う。

彼女を更に傷つけてしまうのではないかと、躊躇いはした。けれど、このまま婚約者として過ごし、結婚まで話が進んでからでは遅い。

庭の中央にあるガゼボの中で休憩する時に、オレは話を切り出した。

「ルイーゼ嬢。少しお話をしても？」

「なんでしょう？」

問いかけると、ルイーゼ嬢は笑顔で了承してくれた。

「遠回しに話すのが苦手なので、率直《そっちょく》にお聞きします。私との婚約を、どう思っておられますか？」

「えっ？」

予想外の質問だったのか、ルイーゼ嬢は戸惑う。

「ここには今、二人だけしかおりません。家の事情や私への気遣いは無用ですので、どうか正直に話してください」

目を合わせて、なるべく優しい声で話したつもりだった。

しかしルイーゼ嬢の瞳は、不安げに揺れる。

「私、なにかお気に障《さわ》る事をしてしまいましたか……？」

俯いたルイーゼ嬢の声は、膝の上の指先と同様に震えていた。

「そうではありません！」

慌てて否定するが、ルイーゼ嬢は顔をあげない。膝に目線を落としたまま、ぐっと唇を引き結ぶ。

泣くのを堪えるような、仕草だった。

「……っ、では、何故そんな事をお聞きになるのです？」

傷つけたのだと、遅れて悟る。

申し訳無さに謝罪してしまいたくなるが、口から出てしまった言葉はなかった事には出来ない。

「貴方は素敵な女性です。不満なんてあるはずもない。……ですが、先程の青年に会って、考えてしまったんです。貴方にはもっと良い出会いがあるのではないかと」

「それが、カールだとおっしゃるのですか……？」

ルイーゼ嬢は、ゆっくりと顔をあげる。但し、彼女の表情から不安は拭《ぬぐ》い去《さ》れていない。それどころか、より傷ついた顔をしていた。

涙の滲《にじ》む瞳を見て、ようやく自分の間違いを悟る。

オレは、ルイーゼ嬢の気持ちを決めつけていた。いずれ結婚したとしても、親愛以上の気持ちは互いに持てないだろうなどと、一方的な価値観の押し付けだ。彼女はいずれ夫になる存在として、オレを好意的に見ようとしてくれているのに。

「ルイーゼ嬢……」

オレは最低な男だ。

そこまで分かっても、彼女を抱きしめる事が出来ない。

「……すみません。今日は帰ります」

悲しげな表情のルイーゼ嬢は、オレから目を逸らしてそう告げる。

引き止める言葉は思いつかなかった。


それから、何事もなかったかのようにオレ達の交流は続いた。

ルイーゼ嬢は庭園での件を掘り返そうとはしなかったし、オレも踏み込まずにいたので、表面上は問題なく日々は過ぎていく。

けれど、見なかったふりをした歪みは、取り返しのつかない形で露見《ろけん》する。

ルイーゼ嬢が修道院《しゅうどういん》へ入るという形で、オレ達の婚約は破談《はだん》となった。


「お前が欠陥品《けっかんひん》だって、見た目じゃ分からんからなぁ」

賑やかな酒場の片隅。向かいの席に座ったエルンストは、ワインを水のようにぐびぐびと飲みながら言った。

酷い言い草だが、反論する気も起きない。

オレもそう思うから。

オレは欠陥品だ。多くの人が持つ『愛情』というものが、オレの中にはない。

家族や友人、同僚《どうりょう》を大切だと思うが、それとは違う。たった一人にだけ向ける愛が、オレには分からないんだ。

ルイーゼ嬢の事を好ましいとは思ったが、愛しいとはどうしても思えない。同じものを返せないと分かっているから、彼女からの愛情を重荷にすら感じた。

去っていく背中を見送った時、湧き上がった感情は悲しみではなく安堵だった。

「可哀想な事をした」

こんな男に捕まらなかったら、きっと幸せになれただろうに。

惰性《だせい》で傾けたカップの中のワインを嚥下《えんげ》する。

「まぁな。……だが、これぱっかりは努力でどうにかなる問題じゃない。お前だけが悪いと、一概《いちがい》には言えんだろ」

エルンストは神妙《しんみょう》な顔で言う。

「意外だな。責められると思った」

予想外の言葉に、ついまじまじとエルンストの顔を眺める。

「女を泣かせるなんて男失格だ、ってか」

「ああ」

エルンストがよく言うセリフだ。

「そりゃ泣かせないに越した事はない。でも愛そうと努力される方が、可哀想だ」

教学社 刊行一覧

2025年版 大学赤本シリーズ

374大学556点
全都道府県を網羅

国公立大学(都道府県順)

全国の書店で取り扱っています。店頭にない場合は，お取り寄せができます。

1 北海道大学(文系－前期日程)
2 北海道大学(理系－前期日程) 医
3 北海道大学(後期日程)
4 旭川医科大学(医学部〈医学科〉) 医
5 小樽商科大学
6 帯広畜産大学
7 北海道教育大学
8 室蘭工業大学／北見工業大学
9 釧路公立大学
10 公立千歳科学技術大学
11 公立はこだて未来大学 総推
12 札幌医科大学(医学部) 医
13 弘前大学 医
14 岩手大学
15 岩手県立大学・盛岡短期大学部・宮古短期大学部
16 東北大学(文系－前期日程)
17 東北大学(理系－前期日程) 医
18 東北大学(後期日程)
19 宮城教育大学
20 宮城大学
21 秋田大学 医
22 秋田県立大学
23 国際教養大学 総推
24 山形大学 医
25 福島大学
26 会津大学
27 福島県立医科大学(医・保健科学部) 医
28 茨城大学(文系)
29 茨城大学(理系)
30 筑波大学(推薦入試) 医 総推
31 筑波大学(文系－前期日程)
32 筑波大学(理系－前期日程) 医
33 筑波大学(後期日程)
34 宇都宮大学
35 群馬大学 医
36 群馬県立女子大学
37 高崎経済大学
38 前橋工科大学
39 埼玉大学(文系)
40 埼玉大学(理系)
41 千葉大学(文系－前期日程)
42 千葉大学(理系－前期日程) 医
43 千葉大学(後期日程) 医
44 東京大学(文科) DL
45 東京大学(理科) DL 医
46 お茶の水女子大学
47 電気通信大学
48 東京外国語大学 DL
49 東京海洋大学
50 東京科学大学(旧 東京工業大学)
51 東京科学大学(旧 東京医科歯科大学) 医
52 東京学芸大学
53 東京藝術大学
54 東京農工大学
55 一橋大学(前期日程)
56 一橋大学(後期日程)
57 東京都立大学(文系)
58 東京都立大学(理系)
59 横浜国立大学(文系)
60 横浜国立大学(理系)
61 横浜市立大学(国際教養・国際商・理・データサイエンス・医〈看護〉学部)
62 横浜市立大学(医学部〈医学科〉) 医
63 新潟大学(人文・教育〈文系〉・法・経済科・医〈看護〉・創生学部)
64 新潟大学(教育〈理系〉・理・医〈看護を除く〉・歯・工・農学部) 医
65 新潟県立大学
66 富山大学(文系)
67 富山大学(理系) 医
68 富山県立大学
69 金沢大学(文系)
70 金沢大学(理系) 医
71 福井大学(教育・医〈看護〉・工・国際地域学部)
72 福井大学(医学部〈医学科〉) 医
73 福井県立大学
74 山梨大学(教育・医〈看護〉・工・生命環境学部)
75 山梨大学(医学部〈医学科〉) 医
76 都留文科大学
77 信州大学(文系－前期日程)
78 信州大学(理系－前期日程) 医
79 信州大学(後期日程)
80 公立諏訪東京理科大学 総推
81 岐阜大学(前期日程) 医
82 岐阜大学(後期日程)
83 岐阜薬科大学
84 静岡大学(前期日程)
85 静岡大学(後期日程)
86 浜松医科大学(医学部〈医学科〉) 医
87 静岡県立大学
88 静岡文化芸術大学
89 名古屋大学(文系)
90 名古屋大学(理系) 医
91 愛知教育大学
92 名古屋工業大学
93 愛知県立大学
94 名古屋市立大学(経済・人文社会・芸術工・看護・総合生命理・データサイエンス学部)
95 名古屋市立大学(医学部〈医学科〉) 医
96 名古屋市立大学(薬学部)
97 三重大学(人文・教育・医〈看護〉学部)
98 三重大学(医〈医〉・工・生物資源学部) 医
99 滋賀大学
100 滋賀医科大学(医学部〈医学科〉) 医
101 滋賀県立大学
102 京都大学(文系)
103 京都大学(理系) 医
104 京都教育大学
105 京都工芸繊維大学
106 京都府立大学
107 京都府立医科大学(医学部〈医学科〉) 医
108 大阪大学(文系) DL
109 大阪大学(理系) 医
110 大阪教育大学
111 大阪公立大学(現代システム科学域〈文系〉・文・法・経済・商・看護・生活科〈居住環境・人間福祉〉学部－前期日程)
112 大阪公立大学(現代システム科学域〈理系〉・理・工・農・獣医・医・生活科〈食栄養〉学部－前期日程) 医
113 大阪公立大学(中期日程)
114 大阪公立大学(後期日程)
115 神戸大学(文系－前期日程)
116 神戸大学(理系－前期日程) 医
117 神戸大学(後期日程)
118 神戸市外国語大学 DL
119 兵庫県立大学(国際商経・社会情報科・看護学部)
120 兵庫県立大学(工・理・環境人間学部)
121 奈良教育大学／奈良県立大学
122 奈良女子大学
123 奈良県立医科大学(医学部〈医学科〉) 医
124 和歌山大学
125 和歌山県立医科大学(医・薬学部) 医
126 鳥取大学 医
127 公立鳥取環境大学
128 島根大学 医
129 岡山大学(文系)
130 岡山大学(理系) 医
131 岡山県立大学
132 広島大学(文系－前期日程)
133 広島大学(理系－前期日程) 医
134 広島大学(後期日程)
135 尾道市立大学 総推
136 県立広島大学
137 広島市立大学
138 福山市立大学 総推
139 山口大学(人文・教育〈文系〉・経済・医〈看護〉・国際総合科学部)
140 山口大学(教育〈理系〉・理・医〈看護を除く〉・工・農・共同獣医学部) 医
141 山陽小野田市立山口東京理科大学 総推
142 下関市立大学／山口県立大学
143 周南公立大学 新 総推
144 徳島大学 医
145 香川大学 医
146 愛媛大学 医
147 高知大学 医
148 高知工科大学
149 九州大学(文系－前期日程)
150 九州大学(理系－前期日程) 医
151 九州大学(後期日程)
152 九州工業大学
153 福岡教育大学
154 北九州市立大学
155 九州歯科大学
156 福岡県立大学／福岡女子大学
157 佐賀大学 医
158 長崎大学(多文化社会・教育〈文系〉・経済・医〈保健〉・環境科〈文系〉学部)
159 長崎大学(教育〈理系〉・医〈医〉・歯・薬・情報データ科・工・環境科〈理系〉・水産学部) 医
160 長崎県立大学 総推
161 熊本大学(文・教育・法・医〈看護〉学部・情報融合学環〈文系型〉)
162 熊本大学(理・医〈看護を除く〉・薬・工学部・情報融合学環〈理系型〉) 医
163 熊本県立大学
164 大分大学(教育・経済・医〈看護〉・理工・福祉健康科学部)
165 大分大学(医学部〈医・先進医療科学科〉) 医
166 宮崎大学(教育・医〈看護〉・工・農・地域資源創成学部)
167 宮崎大学(医学部〈医学科〉) 医
168 鹿児島大学(文系)
169 鹿児島大学(理系) 医
170 琉球大学 医

2025年版　大学赤本シリーズ

国公立大学 その他

171 〔国公立大〕医学部医学科 総合型選抜・学校推薦型選抜※ 医 総推
172 看護・医療系大学〈国公立 東日本〉※
173 看護・医療系大学〈国公立 中日本〉※
174 看護・医療系大学〈国公立 西日本〉※
175 海上保安大学校／気象大学校
176 航空保安大学校
177 国立看護大学校
178 防衛大学校 総推
179 防衛医科大学校(医学科) 医
180 防衛医科大学校(看護学科)

※ No.171～174の収載大学は赤本ウェブサイト(http://akahon.net/)でご確認ください。

私立大学①

北海道の大学(50音順)

201 札幌大学
202 札幌学院大学
203 北星学園大学
204 北海学園大学
205 北海道医療大学
206 北海道科学大学
207 北海道武蔵女子大学・短期大学
208 酪農学園大学(獣医学群〈獣医学類〉)

東北の大学(50音順)

209 岩手医科大学(医・歯・薬学部) 医
210 仙台大学 総推
211 東北医科薬科大学(医・薬学部) 医
212 東北学院大学
213 東北工業大学
214 東北福祉大学
215 宮城学院女子大学 総推

関東の大学(50音順)

あ行(関東の大学)

216 青山学院大学(法・国際政治経済学部－個別学部日程)
217 青山学院大学(経済学部－個別学部日程)
218 青山学院大学(経営学部－個別学部日程)
219 青山学院大学(文・教育人間科学部－個別学部日程)
220 青山学院大学(総合文化政策・社会情報・地球社会共生・コミュニティ人間科学部－個別学部日程)
221 青山学院大学(理工学部－個別学部日程)
222 青山学院大学(全学部日程)
223 麻布大学(獣医、生命・環境科学部)
224 亜細亜大学
226 桜美林大学
227 大妻女子大学・短期大学部

か行(関東の大学)

228 学習院大学(法学部－コア試験)
229 学習院大学(経済学部－コア試験)
230 学習院大学(文学部－コア試験)
231 学習院大学(国際社会科学部－コア試験)
232 学習院大学(理学部－コア試験)
233 学習院女子大学
234 神奈川大学(給費生試験)
235 神奈川大学(一般入試)
236 神奈川工科大学
237 鎌倉女子大学・短期大学部
238 川村学園女子大学
239 神田外語大学
240 関東学院大学
241 北里大学(理学部)
242 北里大学(医学部) 医
243 北里大学(薬学部)
244 北里大学(看護・医療衛生学部)
245 北里大学(未来工・獣医・海洋生命科学部)
246 共立女子大学・短期大学
247 杏林大学(医学部) 医
248 杏林大学(保健学部)
249 群馬医療福祉大学・短期大学部
250 群馬パース大学 総推
251 慶應義塾大学(法学部)
252 慶應義塾大学(経済学部)
253 慶應義塾大学(商学部)
254 慶應義塾大学(文学部) 総推
255 慶應義塾大学(総合政策学部)
256 慶應義塾大学(環境情報学部)
257 慶應義塾大学(理工学部)
258 慶應義塾大学(医学部) 医
259 慶應義塾大学(薬学部)
260 慶應義塾大学(看護医療学部)
261 工学院大学
262 國學院大學
263 国際医療福祉大学 医
264 国際基督教大学
265 国士舘大学
266 駒澤大学(一般選抜T方式・S方式)
267 駒澤大学(全学部統一日程選抜)

さ行(関東の大学)

268 埼玉医科大学(医学部) 医
269 相模女子大学・短期大学部
270 産業能率大学
271 自治医科大学(医学部) 医
272 自治医科大学(看護学部)／東京慈恵会医科大学(医学部〈看護学科〉)
273 実践女子大学 総推
274 芝浦工業大学(前期日程)
275 芝浦工業大学(全学統一日程・後期日程)
276 十文字学園女子大学
277 淑徳大学
278 順天堂大学(医学部) 医
279 順天堂大学(スポーツ健康科・医療看護・保健看護・国際教養・保健医療・医療科・健康データサイエンス・薬学部) 総推
280 上智大学(神・文・総合人間科学部)
281 上智大学(法・経済学部)
282 上智大学(外国語・総合グローバル学部)
283 上智大学(理工学部)
284 上智大学(TEAPスコア利用方式)
285 湘南工科大学
286 昭和大学(医学部) 医
287 昭和大学(歯・薬・保健医療学部)
288 昭和女子大学
289 昭和薬科大学
290 女子栄養大学・短期大学部 総推
291 白百合女子大学
292 成蹊大学(法学部－A方式)
293 成蹊大学(経済・経営学部－A方式)
294 成蹊大学(文学部－A方式)
295 成蹊大学(理工学部－A方式)
296 成蹊大学(E方式・G方式・P方式)
297 成城大学(経済・社会イノベーション学部－A方式)
298 成城大学(文芸・法学部－A方式)
299 成城大学(S方式〈全学部統一選抜〉)
300 聖心女子大学
301 清泉女子大学
303 聖マリアンナ医科大学 医
304 聖路加国際大学(看護学部)
305 専修大学(スカラシップ・全国入試)
306 専修大学(前期入試〈学部個別入試〉)
307 専修大学(前期入試〈全学部入試・スカラシップ入試〉)

た行(関東の大学)

308 大正大学
309 大東文化大学
310 高崎健康福祉大学
311 拓殖大学
312 玉川大学
313 多摩美術大学
314 千葉工業大学
315 中央大学(法学部－学部別選抜)
316 中央大学(経済学部－学部別選抜)
317 中央大学(商学部－学部別選抜)
318 中央大学(文学部－学部別選抜)
319 中央大学(総合政策学部－学部別選抜)
320 中央大学(国際経営・国際情報学部－学部別選抜)
321 中央大学(理工学部－学部別選抜)
322 中央大学(5学部共通選抜)
323 中央学院大学
324 津田塾大学
325 帝京大学(薬・経済・法・文・外国語・教育・理工・医療技術・福岡医療技術学部)
326 帝京大学(医学部) 医
327 帝京科学大学 総推
328 帝京平成大学 総推
329 東海大学(医〈医〉学部を除く－一般選抜)
330 東海大学(文系・理系学部統一選抜)
331 東海大学(医学部〈医学科〉) 医
332 東京医科大学(医学部〈医学科〉) 医
333 東京家政大学・短期大学部 総推
334 東京経済大学
335 東京工科大学
336 東京工芸大学
337 東京国際大学
338 東京歯科大学
339 東京慈恵会医科大学(医学部〈医学科〉) 医
340 東京情報大学
341 東京女子大学
342 東京女子医科大学(医学部) 医
343 東京電機大学
344 東京都市大学
345 東京農業大学
346 東京薬科大学(薬学部) 総推
347 東京薬科大学(生命科学部) 総推
348 東京理科大学(理学部〈第一部〉－B方式)
349 東京理科大学(創域理工学部－B方式・S方式)
350 東京理科大学(工学部－B方式)
351 東京理科大学(先進工学部－B方式)
352 東京理科大学(薬学部－B方式)
353 東京理科大学(経営学部－B方式)
354 東京理科大学(C方式、グローバル方式、理学部〈第二部〉－B方式)
355 東邦大学(医学部) 医
356 東邦大学(薬学部)

2025年版 大学赤本シリーズ

私立大学②

357 東邦大学(理・看護・健康科学部)
358 東洋大学(文・経済・経営・法・社会・国際・国際観光学部)
359 東洋大学(情報連携・福祉社会デザイン・健康スポーツ科・理工・総合情報・生命科・食環境科学部)
360 東洋大学(英語〈3日程×3カ年〉)
361 東洋大学(国語〈3日程×3カ年〉)
362 東洋大学(日本史・世界史〈2日程×3カ年〉)
363 東洋英和女学院大学
364 常磐大学・短期大学 総推
365 獨協大学
366 獨協医科大学(医学部) 医

な行(関東の大学)

367 二松学舎大学
368 日本大学(法学部)
369 日本大学(経済学部)
370 日本大学(商学部)
371 日本大学(文理学部〈文系〉)
372 日本大学(文理学部〈理系〉)
373 日本大学(芸術学部〈専門試験併用型〉)
374 日本大学(国際関係学部)
375 日本大学(危機管理・スポーツ科学部)
376 日本大学(理工学部)
377 日本大学(生産工・工学部)
378 日本大学(生物資源科学部)
379 日本大学(医学部) 医
380 日本大学(歯・松戸歯学部)
381 日本大学(薬学部)
382 日本大学(N全学統一方式−医・芸術〈専門試験併用型〉学部を除く)
383 日本医科大学 医
384 日本工業大学
385 日本歯科大学
386 日本社会事業大学 総推
387 日本獣医生命科学大学
388 日本女子大学
389 日本体育大学

は行(関東の大学)

390 白鷗大学(学業特待選抜・一般選抜)
391 フェリス女学院大学
392 文教大学
393 法政大学(法〈Ⅰ日程〉・文〈Ⅱ日程〉・経営〈Ⅱ日程〉学部−A方式)
394 法政大学(法〈Ⅱ日程〉・国際文化・キャリアデザイン学部−A方式)
395 法政大学(文〈Ⅰ日程〉・経営〈Ⅰ日程〉・人間環境・グローバル教養学部−A方式)
396 法政大学(経済〈Ⅰ日程〉・社会〈Ⅰ日程〉・現代福祉学部−A方式)
397 法政大学(経済〈Ⅱ日程〉・社会〈Ⅱ日程〉・スポーツ健康学部−A方式)
398 法政大学(情報科・デザイン工・理工・生命科学部−A方式)
399 法政大学(T日程〈統一日程〉・英語外部試験利用入試)
400 星薬科大学 総推

ま行(関東の大学)

401 武蔵大学
402 武蔵野大学
403 武蔵野美術大学
404 明海大学
405 明治大学(法学部−学部別入試)
406 明治大学(政治経済学部−学部別入試)
407 明治大学(商学部−学部別入試)
408 明治大学(経営学部−学部別入試)
409 明治大学(文学部−学部別入試)
410 明治大学(国際日本学部−学部別入試)
411 明治大学(情報コミュニケーション学部−学部別入試)
412 明治大学(理工学部−学部別入試)
413 明治大学(総合数理学部−学部別入試)
414 明治大学(農学部−学部別入試)
415 明治大学(全学部統一入試)
416 明治学院大学(A日程)
417 明治学院大学(全学部日程)
418 明治薬科大学 総推
419 明星大学
420 目白大学・短期大学部

ら・わ行(関東の大学)

421 立教大学(文系学部−一般入試〈大学独自の英語を課さない日程〉)
422 立教大学(国語〈3日程×3カ年〉)
423 立教大学(日本史・世界史〈2日程×3カ年〉)
424 立教大学(文学部−一般入試〈大学独自の英語を課す日程〉)
425 立教大学(理学部−一般入試)
426 立正大学
427 早稲田大学(法学部)
428 早稲田大学(政治経済学部)
429 早稲田大学(商学部)
430 早稲田大学(社会科学部)
431 早稲田大学(文学部)
432 早稲田大学(文化構想学部)
433 早稲田大学(教育学部〈文科系〉)
434 早稲田大学(教育学部〈理科系〉)
435 早稲田大学(人間科・スポーツ科学部)
436 早稲田大学(国際教養学部)
437 早稲田大学(基幹理工・創造理工・先進理工学部)
438 和洋女子大学 総推

中部の大学(50音順)

439 愛知大学
440 愛知医科大学(医学部) 医
441 愛知学院大学・短期大学部
442 愛知工業大学 総推
443 愛知淑徳大学
444 朝日大学 総推
445 金沢医科大学(医学部) 医
446 金沢工業大学
447 岐阜聖徳学園大学 総推
448 金城学院大学
449 至学館大学 総推
450 静岡理工科大学
451 椙山女学園大学
452 大同大学
453 中京大学
454 中部大学
455 名古屋外国語大学 総推
456 名古屋学院大学 総推
457 名古屋学芸大学 総推
458 名古屋女子大学 総推
459 南山大学(外国語〈英米〉・法・総合政策・国際教養学部)
460 南山大学(人文・外国語〈英米を除く〉・経済・経営・理工学部)
461 新潟国際情報大学
462 日本福祉大学
463 福井工業大学
464 藤田医科大学(医学部) 医
465 藤田医科大学(医療科・保健衛生学部)
466 名城大学(法・経営・経済・外国語・人間・都市情報学部)
467 名城大学(情報工・理工・農・薬学部)
468 山梨学院大学

近畿の大学(50音順)

469 追手門学院大学 総推
470 大阪医科薬科大学(医学部) 医
471 大阪医科薬科大学(薬学部) 総推
472 大阪学院大学 総推
473 大阪経済大学 総推
474 大阪経済法科大学 総推
475 大阪工業大学 総推
476 大阪国際大学・短期大学部 総推
477 大阪産業大学 総推
478 大阪歯科大学(歯学部)
479 大阪商業大学 総推
480 大阪成蹊大学・短期大学 総推
481 大谷大学 総推
482 大手前大学・短期大学 総推
483 関西大学(文系)
484 関西大学(理系)
485 関西大学(英語〈3日程×3カ年〉)
486 関西大学(国語〈3日程×3カ年〉)
487 関西大学(日本史・世界史・文系数学〈3日程×3カ年〉)
488 関西医科大学(医学部) 医
489 関西医療大学 総推
490 関西外国語大学・短期大学部 総推
491 関西学院大学(文・法・商・人間福祉・総合政策学部−学部個別日程)
492 関西学院大学(神・社会・経済・国際・教育学部−学部個別日程)
493 関西学院大学(全学部日程〈文系型〉)
494 関西学院大学(全学部日程〈理系型〉)
495 関西学院大学(共通テスト併用日程〈数学〉・英数日程)
496 関西学院大学(英語〈3日程×3カ年〉) 新
497 関西学院大学(国語〈3日程×3カ年〉) 新
498 関西学院大学(日本史・世界史・文系数学〈3日程×3カ年〉) 新
499 畿央大学 総推
500 京都外国語大学・短期大学 総推
502 京都産業大学(公募推薦入試) 総推
503 京都産業大学(一般選抜入試〈前期日程〉)
504 京都女子大学 総推
505 京都先端科学大学 総推
506 京都橘大学 総推
507 京都ノートルダム女子大学 総推
508 京都薬科大学 総推
509 近畿大学・短期大学部(医学部を除く−推薦入試) 総推
510 近畿大学・短期大学部(医学部を除く−一般入試前期)
511 近畿大学(英語〈医学部を除く3日程×3カ年〉)
512 近畿大学(理系数学〈医学部を除く3日程×3カ年〉)
513 近畿大学(国語〈医学部を除く3日程×3カ年〉)
514 近畿大学(医学部−推薦入試・一般入試前期) 医 総推
515 近畿大学・短期大学部(一般入試後期) 医
516 皇學館大学 総推
517 甲南大学 総推
518 甲南女子大学(学校推薦型選抜) 新 総推
519 神戸学院大学 総推
520 神戸国際大学 総推
521 神戸女学院大学 総推
522 神戸女子大学・短期大学 総推
523 神戸薬科大学 総推
524 四天王寺大学・短期大学部 総推
525 摂南大学(公募制推薦入試) 総推
526 摂南大学(一般選抜前期日程)
527 帝塚山学院大学 総推
528 同志社大学(法、グローバル・コミュニケーション学部−学部個別日程)

「……刺さる言葉だ」

軽く瞬いてから苦く笑う。エルンストは片目を瞑《つぶ》り、「噛み締めろ」と笑った。

「そうなるとやはり、オレは結婚しては駄目だな」

妻となる人を愛そうと努力する事は出来ると、そう思っていた。しかし、それこそが妻を不幸にするならば、オレには結婚する資格がない。

「諦めるのは、まだ早いんじゃねえか？」

エルンストは無責任な事を言い出した。以前ギュンターを交《まじ》えて飲んだ時には、オレには結婚は向いていないと言ったくせに。

「どっかにいるかもよ。お前の運命の人」

らしくもない気障《きざ》な言葉。しかし、冗談《じょうだん》を言っている顔つきではない。

それも当然か。こいつは既に……。

「お前みたいに？」

エルンストはニヤリと口角《こうかく》を吊り上げた。

「そう、オレみたいに」

エルンストは既に、運命と呼べるほど惚れ込んだ女性がいる。

もう何度も求婚をしているが、その度に断られているらしい。それなのに微塵《みじん》も諦める様子のないエルンストを見ていると、少し羨ましくなる。

「見つけ出せる気が全くしない」

「あー……お前、恋愛に関しての感性だけ錆《さ》びついてやがるからな」

頬杖をついたエルンストは、半笑いで遠い目をする。

「小さい兆候《ちょうこう》でも見落とさないようにしろよ」

「抽象《ちゅうしょう》的だな。具体例をあげろ」

「あー？　面倒臭ぇな」

なんとも雑な助言に文句を言うと、エルンストは後頭部をガリガリ掻きながら考える素振りを見せた。

「そうだな……分かりやすいのだと、『可愛い』とか『綺麗』だとか。好印象から始まる場合だってある」

「流石《さすが》にオレだって、そのくらいの感情はあるぞ」

憮然《ぶぜん》として呟く。

「分かりやすいのって言っただろ。あとは干渉《かんしょう》か。相手の事を知りたくなる」

「干渉……」

「やたらと構いたくなるとかな。なんにせよ、他の人間とは違う特別扱いをしたら、可能性大だ」

エルンストのあげる例を聞いていると、余計に絶望的な気分になってきた。

そもそもオレの中に、そんな感情があるのかさえも疑わしい。

人の世話を焼くのは嫌いではないが、それは望まれている場合だけ。深入りするのは苦手だ。

どうやらオレの生涯独り身は、ほぼ確定しているらしい。

渋い顔をしたオレを見て、エルンストは笑った。

「今までに思い当たるフシがないからこそ、運命の女なんだろ。簡単に諦めるんじゃねぇよ」

運命ね、と呟いてから呷《あお》ったワインは、いつもより苦く感じた。

そんな会話をしてから約一年が過ぎても、エルンストの言う運命の出会いとやらは、一向に訪れる気配もない。

期待していなかったので、残念だという気持ちも殆どなかった。

仕事が充実《じゅうじつ》しているから、気にもならなかったというのが正しいかもしれない。今年になってから、恐れ多くも、王子殿下に剣術をお教えするという大役を任された。

第一王子であらせられるクリストフ殿下は勤勉な御方で、上達も早い。才能もあり、それこそ若い騎士連中よりも余程筋《すじ》がいい。

弟君のヨハン殿下も資質《ししつ》はある。器用で物覚えも早いが、如何《いかん》せん、ご本人にやる気がない。

努力せずとも一通り出来てしまうからこそ、必死になる意義を見いだせないのだろう。

どうしたものかと悩んでいた矢先、鍛錬中のヨハン殿下が木剣を放って駆け出した。目指す方向にいたのは、姉君であるローゼマリー殿下のようだ。

そういえばお二人は、大層仲が良いと聞いた事がある。王族としての教育が始まり、会えなくなってしまって寂しかったのだろう。

ローゼマリー殿下もきっと、同じお気持ちのはず。

指南《しなん》する立場として望ましい行為ではないと理解はしているが、今回くらいは大目に見たいと甘い考えが頭を過《よぎ》る。

クリストフ殿下と共に後を追うと、ヨハン殿下はローゼマリー殿下の背に隠れてしまった。

ローゼマリー殿下はお優しい方だと聞いているので、弟君を庇うだろう。引き離すのは、おそらく難しい。

どうしたものかと思案するオレの耳に、声が届く。

「ヨハン。お兄様に謝りなさい」

朝の空気のように、凛として美しい声だった。

聞き惚れたオレは、一拍遅れで言葉の意味を理解する。聞き違いかとも思ったが、お二人の様子を見ると、その線も消えた。

しっかりとヨハン殿下と視線を合わせたローゼマリー殿下の目は、声と同様に厳しく、そして真っ直ぐだ。

直接向けられた訳でなくとも、思わず息を呑む程に。

「クリス兄様はお忙しい中、時間を割いて貴方と共に鍛錬してくださっていたの。それを貴方は投げ出したのよ」

幼い少女とは思えない、落ち着いた態度でローゼマリー殿下は言う。

慕ってくれる弟君を突き放すのは心が痛むだろうに、表情には微塵も出さない。

無意味な甘やかしはヨハン殿下の為にならないと理解しているからこその厳しい対応に、素直に感心した。

叱る役目なんて、損《そん》なだけ。良かれと思って苦言《くげん》を呈《てい》しても、感謝されるよりも疎ましがられる方が多い。

優しく宥め賺しても、誰も責めやしない。兄君にも弟君にも悪い印象を与えないよう、曖昧《あいまい》な態度で誤魔化してしまえば楽なのに。

年齢に見合わぬ聡明さと高潔《こうけつ》な精神に、頭が下がる。

なんて格好良い姫君だろうか。

女性には喜ばれないであろう褒め言葉だと分かっていても、それ以上に似合う言葉が思い浮かばなかった。

王妃殿下に似たお姿は、もちろん愛らしく、幼くとも『美しい』という表現さえ当てはまる。しかし、そんなありきたりな言葉だけで表すのが勿体ない。

「……ごめんなさいっ‼」

ヨハン殿下が大きな声で謝ると、ローゼマリー殿下はふわりと優しく表情を緩める。よく出来ましたと語りかけるように慈愛の籠《こ》もった眼差しは、姉というより母のようだ。

表情の差異《さい》は僅かなものなのに、心情の変化が鮮《あざ》やかに伝わってくる。唇や眉の動きは些細《ささい》でも、感情豊かな御方だと感じた。

ローゼマリー殿下をじっと見つめていると、オレの存在に気づいたのか、視線がこちらを向く。澄んだ瞳が、オレを捉《とら》えた。

空と海を溶かしたような青は、吸い込まれてしまいそうに深く美しい。神々しささえある。見えない力に搦《から》め捕《と》られたかのように、一瞬、呼吸すら忘れた。

しかし、ローゼマリー殿下が目を丸く見開いた事で呪縛《じゅばく》が解ける。キョトンとした表情は年相応の幼さがあり、さっきまでの神秘的な雰囲気は霧散《むさん》していた。

前に進み出て、かの御方の前に跪《ひざまず》く。ふわりと淡く、花のような甘い香りが鼻孔《びこう》を掠《かす》めた。

そっと掬い上げた小さな手は、柔らかく、そして細い。少し力を込めただけで壊してしまいそうで、自然と慎重《しんちょう》になる。大人びた顔つきと言動で忘れそうになるが、まだ年齢が二桁にも届かない幼い少女なのだと、改めて思い知らされた。

「近衛騎士団所属、レオンハルト・フォン・オルセインと申します。ご尊顔を拝謁《はいえつ》する栄誉に浴《よく》しましたる事、身に余る光栄に存じます」

間近にある青い瞳が戸惑うように揺れている。緊張させてしまっているのだろうと思うと、少し苦い気持ちになった。

ヨハン殿下やクリストフ殿下のように、というのは図々しいのは分かっている。それでも、この御方の笑顔を近くで見てみたい。

こんな形式張った挨拶ではなく、自分の言葉で話をしたら、違う表情を見せてくださるだろうか。

今でなくてもいい。いつか、とオレは未来に思いを馳《は》せた。

転生王女の聖戦。

バレンタインに参加したいと思い立った私だけれど、まず材料がなければ話にならない。入手する伝手《つて》として一番に思い浮かんだのは彼だった。

「カカオ豆？」

「はい」

突然の訪問にも拘わらず、ユリウス様は快《こころよ》く迎えてくれた。少し談笑《だんしょう》した後に本題を切り出すと、彼は不思議そうな顔で首を傾げる。

「取り扱ってはおりませんか？」

「いや、ありますよ。ですが、何に使うのです？」

「食材として使いたいのです」

眠たげな印象を受ける緑の瞳が、パチリと瞬いた。

「あれを？」

飲み物として流通しているはずなんだけど、ユリウス様は意外だと言いたげな目で私を見る。

「はい。なにかおかしかったでしょうか？」

「失礼。上流階級の間で流行《はや》っているのは存じておりましたが、個人的にはあまり美味しいものではないと記憶しております。貴方はいつも魔法のように美味しいものばかり作るので、少々驚きました」

私への過大評価も気にはなるが、それ以上に気になる事がある。どうやらユリウス様も、この世界のチョコレートがお気に召さないらしい。

「私もあまり得意ではないのですが、香りは好きなんです」

「香り？」

ユリウス様は少々困惑した様子で、私の言葉を繰り返す。

確かに香りも、色んなスパイス入れすぎてチョコレート本来の良さを殺しているよね……。

「混ぜもののにおいではなく、豆そのものの……風味、と言いますか」

ああ、説明が難しい。

なんせ前世の記憶を頼りにしているから、どこまで言っていいか分からないんだ。日本で一時期流行った、カカオ感の強いビターチョコを思い浮かべながら話す。

ふむ、とユリウス様は考え込む素振りを見せた。

「それは興味深い。貴方がそうおっしゃるのなら、きっと調理次第で変わるのでしょうね」

「私も上手く扱える自信はないのですが、試してみたいのです」

失敗する可能性の方が高いけれど、何事も挑戦だ。

「分かりました」

ユリウス様は鷹揚《おうよう》に頷く。

「ただ、一つお願いがあるのですが宜しいですか？」

「？　なんでしょう？」

了承してもらえて安堵の息を吐き出した私は、続いたユリウス様の言葉に小首を傾げる。

「ここで……我が家の厨房《ちゅうぼう》で、一度作っていただけませんか？」

「えっ？」

お願いの内容は、想定外のものだった。驚きに、思わず声が洩れる。

な、なんで？

どうしてユリウス様のお宅でチョコレート作りをするの？　そんな事をして、ユリウス様にどんなメリットがあるのだろう？

「単純に、見たいんです。貴方があれを使って、どんなものを作るのかが気になるのですよ」

顔に大きく『なんで？』と書いてあるだろう私を見て、ユリウス様は理由を説明してくれる。

そういえば、彼は好奇心旺盛《こうきしんおうせい》な人だったね。

「有り難いお話ですが……宜しいのですか？」

「もちろんです」

ユリウス様はそう言って、席を立つ。

「確か、ちょうど在庫があったはずです。見て参りますので少々お待ちを」

凄い行動力を発揮して、私が呆けている間にユリウス様は部屋を出ていった。

ここまでトントン拍子《びょうし》に話が進むとは思わなかった。一日でも早く始めたいので、凄く助かるけれど。

待つこと、二十分弱。

戻ってきたユリウス様は、カカオ豆だけでなく、私のドレスが汚れないようエプロンまで用意してくれた。

「クラウス。少し時間がかかると思うのだけれど、良いかしら？」

材料の手配をお願いして帰る予定だったけれど、どうせなら一度作ってみたい。

申し訳ないと思いつつ見上げると、護衛騎士は爽やかな笑みを浮かべた。

「かしこまりました。もしお手伝い出来る事がございましたら、なんなりとお申し付けください」

「ありがとう。是非《ぜひ》、お願いしたいわ」

クラウスは驚いたように目を見開く。

いつもなら『大丈夫』の一言で躱《かわ》す私が、食いついてきたからだろう。

社交辞令だったとしたら申し訳ないが、言質《げんち》はとった。力仕事だから男手が欲しいんだ。

クラウスの丸くなった瞳が柔らかく細められて、唇が弧《こ》を描《えが》いた。

「はい、喜んで」

居酒屋さんみたいな返しだね。

何故か嬉しげに笑うクラウスを見上げながら、私はそんなどうでもいい事を考えていた。


「さてと」

用意してもらった、カカオ豆を一つ手に取る。

鼻先に近づけてみるとチョコレートのにおいが、ほのかに香る。

ちゃんと発酵《はっこう》と乾燥《かんそう》の工程は、済んでいるみたいだ。

隣で興味深そうに私の手元を覗き込んでいたユリウス様も、同じようにカカオ豆のにおいを嗅《か》ぐ。

「確かに、カカオ豆自体のにおいは悪くないですね」

「はい。この香りを残したまま、食べられるものに仕上げたいんです」

まずは豆をローストするところから始めよう。

豆を洗ってから水分を拭き取っていると、ユリウス様とは反対隣に立つクラウスがそわそわとしている。

「ローゼマリー様、私は何をすれば宜しいですか？」

「もう少し待っていて」

両側に大柄の男性に立たれると、非常に作業がやり辛《づら》い。でも、手伝ってくれるというのに邪険《じゃけん》にする訳にもいかない。

それに、足元に纏わり付くワンコのような目で見られると叱る気は失せる。

フライパンで豆を丁寧に炒《い》る。特に面白い作業ではないのに、二人はじっとフライパンの中身を見つめていた。

子供っぽさを感じる純粋な目に、苦笑する。

お手伝いをしたい小学生男子みたいだ。私、貴方達のお母さんになった覚えはないんだけどな。

パチパチと跳ねる音を聞きながら、じっくりと焙煎《ばいせん》したものを、冷ましてから皮を剥がす。するりと綺麗に剥《む》けると達成感がある。

二人の小学生男子……もとい、成人男性にもお手伝いしてもらった。

大柄な男性が慎重な手付きで作業する姿は、ちょっと微笑ましい。クラウスは手先が不器用なので、おっかなびっくりやっているが、ユリウス様は器用に次々と皮を剥がしている。

「いい香りだ」

室内に、馴染み深いチョコレートの良い香りが漂《ただよ》う。満足気に呟くユリウス様も、どうやらお気に召してくれたらしい。

「仕上がりが楽しみですね」

ユリウス様の言葉に頷きつつも、私は乾いた笑いを洩らした。

ここからが地獄の作業の始まりなんですけどね……。

三人でやったお陰で、皮むきは予想よりも早く終わった。

「次は何を致しますか？」

「実を細かく砕いて欲しいの」

真っ黒な実をすり鉢に移し、クラウスに手渡す。

「お願い出来るかしら？」

かなりの重労働《じゅうろうどう》なんだけど、私がやるよりクラウスにお願いした方が百倍早い。申し訳無さを感じつつも頼むと、クラウスは嫌がる素振りを見せずに引き受けてくれた。

「お任せを」

胸に手を置き、恭《うやうや》しく頭を下げる様子はまるで物語の騎士様のようだ。いや、実際に騎士様なんだけど。

お願いしている内容がカカオ豆の磨《す》り潰しでなければ、もうちょっと格好がついたかもしれない。

クラウスは、すりこぎで豆を砕く。あっという間に豆はチップ状になった。

確かこの状態をカカオニブって呼ぶんだっけ。

「もっと細かくしてしまっても？」

粗《あら》めの砂粒みたいな段階になるのも、想像よりもずっと早かった。しかもクラウスは、全く疲労を感じさせない顔で私に問う。流石は騎士だ。

「粘度《ねんど》が出るまでお願い」

「かしこまりました」

再び、ゴリゴリと単調な音が響く。

「そういえば、油分《ゆぶん》が多く含まれているのでしたね」

ユリウス様は相変わらず、興味深げに作業を見守っている。飽きないのだろうか。

「ローゼマリー様、固まってきたようですが」

「じゃあ、湯煎《ゆせん》にかけましょう」

フライパンに湯を張り、その上で作業を続けてもらう。

「お湯が入らないように注意してね」

クラウスの手伝いとして、すり鉢の縁を押さえながら、ユリウス様は中を覗き込んだ。

「少量でも？　少しくらい水を加えたほうが、なめらかになりそうですが」

「あとで固まらなくなってしまうので、ちょっとでも水を入れては駄目なんです」

チョコレートに水を入れると、分離《ぶんり》しちゃうんだよね。

バレンタインのチョコ作りで、失敗した経験のあるお嬢さんは分かると思う。

「最終的に固めるんですね」

なるほど、とユリウス様は頷いた。

暫くすると、ペースト状になったので砂糖を加える。

あとはなめらかになるまで、ひたすらゴリゴリ、ゴリゴリ。

「ごめんね、クラウス。疲れたでしょう？　あとは私がやるから」

「いいえ。引き続き作業はお任せください。ローゼマリー様がお手を痛めては大変です」

交代を申し出ても、クラウスはやんわりと断る。

有り難いけれど、貴方の中で私はどれだけか弱い設定なのかな？

結局、作業の殆どはクラウスがやってくれた。

なめらかになったチョコの元を、トレーに移し、あとは冷やして固めるだけ。寒い時期なので、氷室《ひむろ》でなくとも固まってくれそうだ。

それでも数時間はかかると思うので、ユリウス様に託《たく》し、その日は城に帰った。


そして、翌日。再びユリウス様のお屋敷へ。

出迎えてくれたユリウス様は、待ち兼ねた様子でチョコレートを取り出してきた。相当、楽しみにしていたらしい。

年上の男性相手に失礼だとは思うが、可愛い人だなと微笑ましい気持ちになる。

出来上がったチョコレートは、表面は多少ボコボコしているが、ちゃんと固まっていた。食べやすそうな大きさに割って、器へと盛る。

それを持って、場所をリビングへと移す。ソファーに腰掛けた私は、さっそく一欠片《かけら》、手にとってみた。

ダークブラウンの色艶《いろつや》といい、香りといい、完全にチョコレートだ。

「不思議な食べ物ですね」

ユリウス様も欠片を手にとって眺めている。私にとっては馴染み深い色艶だけど、見た事のない人にとっては食べ物に見えないのかも。

「クラウス。貴方も良かったら食べてみて」

「私も、宜しいのですか？」

私の背後に立っていたクラウスに声をかけると、彼は戸惑う様子を見せた。

「勿論よ。貴方が一番大変だったんだから」

らしくもなく遠慮がちなクラウスを、ソファーに座らせる。

そして、いよいよ試食《ししょく》。

「いただきます」

じっと見つめていた欠片を、口の中に放り込む。

含んだ瞬間、カカオの香りが口の中いっぱいに広がった。舌の上でとろける感覚は、まさにチョコ。チョコ、なんだけど……。

「にが……」

思わず小さな独り言を洩らしてしまった。

予想していたよりも、かなり苦い。おまけに食感《しょっかん》がザラッとする。口の中になにか残るし。

不味《まず》い訳ではないが、目指していた味には程遠い仕上がりになっていた。

しかしガッカリしている私とは違い、ユリウス様は目を輝かせている。

「美味しい。香りも味も、私の予想していたものとは全く違う」

社交辞令ではなく、本心から言っていると分かる表情だ。クラウスも同意を示すように、頷いた。

「不思議な食感と味ですが、美味しいです」

うーん。確かに、かなり大人向けのチョコだと思えば食べられない事はない。珈琲《コーヒー》とかワインに合う味なのかも、とも思う。

でも、チョコレートの持つポテンシャルはこんなもんじゃないんだ！

ビターチョコを目指すのだとしても、もっと美味しく出来るはず。

「ユリウス様。カカオ豆はまだございますか？　もう少し改善出来ないか、城に持ち帰って試してみたいんです」

「在庫ならありますのでお譲りしますが、相変わらず貴方は、料理に関して妥協しないんですね。この味でも満足していないとは」

ユリウス様は、呆れと感心が入り混じったような顔で笑った。

エマさんの体質改善に取り組んでいた時の事を思い出しているのかもしれない。

アイゲル家の料理長さんと、さんざん言い合いしていたのを見られていたもんね……。お願いだから忘れて欲しい。

なんて答えるべきか思い浮かばなかったので、曖昧な笑みで誤魔化した。

残ったチョコレートは、ユリウス様とクラウスで分けてもらった。美味しいと感じる人が食べた方がいいし。そもそも私、殆ど見ていただけだしね。

「ゲオルクにも食べさせてあげます。貴方の手作りだと知ったら、どんな顔をするのか楽しみだ」

ユリウス様は悪戯《いたずら》を思いついた子供みたいな顔で、そう言った。

ゲオルクとは最近会えていないけれど、元気にやっているみたい。成長期でどんどん背が伸びているので、印象もかなり変わったと教えてくれた。

次に会える日を楽しみにしておこう。

クラウスにもチョコレートの入った包みを手渡すと、彼はとても大事そうに胸に抱き込んだ。

頬を赤らめて、瞳を潤ませているクラウスを見ていると、本当にバレンタインのチョコを渡したような気分になるので止《や》めて欲しい。

私の初めての本命チョコレートは、レオンハルト様に渡すって決めているんだから。

「家宝にします」

「止《や》めて。食べ物だから、腐《くさ》らせないうちに食べてちょうだい」

「食べたら無くなってしまうではありませんか」

なんで驚いた顔をしているんだ。こっちが驚くわ。

「ちゃんと食べてね」

「………………」

「食べてね⁉」

珍しくも反抗的に黙り込むクラウスに、何度も念を押す。

最後には渋々頷いたので、ひとまず安心だ。……安心していいんだよね？

暖かくなる前に、もう一度、釘を刺しておこう。クラウスの周囲で暮らす人々の平穏は、私が守らなくては。


温室に隣接《りんせつ》した休憩室で、私はテーブルに向き合っていた。

「うーん……材料を増やすか、工程を変えるか。どうしようかな」

頬杖をついた私は、指先で羽ペンを弄《もてあそ》びながら唸《うな》る。

手元の紙には、チョコレートの材料と工程が書き連ねられていた。何度も二重線で書いては消しているので、既に一面真っ黒。

自分でも何を書いているのか一目では分からない有り様だ。悩んでいる間にも手を動かす癖があるので、端っこには下手くそな板チョコの絵が描いてある。

なんだコレ。いつ描いたのか覚えてないぞ。

「何を悩んでいるの？」

声と共に影が差す。

見上げた視界に一番に飛び込んできたのは、きらきらと輝く銀色の髪。次いで、澄んだ藍色の瞳と目が合った。

「ルッツ」

「オレでよかったら相談にのるけど」

名を呼ぶと、彼は柔らかい微笑みを浮かべる。

出会った頃の刺々しい態度が嘘のようだと思いながら、ありがとうと返した。

「お菓子作りの事でちょっとね」

「お菓子？」

私の言葉を繰り返して、ルッツは目を輝かせる。

クールな外見のルッツだが、実は大の甘党《あまとう》だ。出来上がったら味見をしてもらう予定だったから、丁度いい。相談にのってもらおう。

「何を作るの？」

「チョコレートってお菓子よ」

「聞いた事ないな。どんなものなの？」

隣の椅子を引いて腰掛けながら、ルッツは興味を示した。

「甘くて、ほろ苦くて……固いんだけど、口の中で溶けるの」

「んん？」

私の説明が理解出来なかったのか、ルッツは首を捻《ひね》る。

馴染みのない菓子だから、想像出来なくて当然だろう。私も説明していて、なんかナゾナゾみたいだなと思ったたし。

「美味しいの？」

「もちろんだ」

ルッツの問いに答えたのは、私ではない。

私の護衛として、出入り口に控えていたクラウスだ。胸を張った彼は、自慢げにフフンと鼻を鳴らして笑う。

「ローゼマリー様が作ってくださったチョコレートは、至高《しこう》の味がした」

うっとりと目を細めたクラウスの言葉に、私は呆れる。

何で私が作ったって部分を強調しているんだろう。ほぼクラウスが作ったようなものなのに。

なぜドヤ顔をしているのか、意味が分からないぞ。

「えっ……姫にもらったの？」

そしてルッツよ。貴方は何故、衝撃を受けているんですか。

ルッツは信じられないと言いたげな顔で、私とクラウスを見比べている。

「ローゼマリー様が私にと、くださったんだ」

クラウスは、『私に！』と繰り返した。

なんで二回言った。

そして、クラウスだけじゃなくてユリウス様にもあげたよね。その場にいたよね？

無言のまま半目で見守っている私に気づく事なく、二人の言い争いは続く。

「お、オレだって姫が作ってくれた事あるし！　餡《あん》入りのお菓子は、オレが好きだと思って作ったって言ってくれたよね⁉」

ルッツは必死の形相で、私に詰め寄った。

顔立ちが整っているので、間近で見ると迫力がある。気圧《けお》される形で頷くけれど、クラウスは余裕の笑みを崩さなかった。

「今回のチョコレートは、初めて作られたそうだ。何度も作ったものと一緒にされては困る」

だから、なんでドヤ顔？

「ひ、姫のはじめて……」

ルッツもそこで悔しそうな顔しなくていいから。

あとなんか意味深に聞こえるから止《や》めて、ソレ。

げんなりした気持ちになりながら、溜息をつく。

元カノと今カノの間に挟まれた彼氏の気分だ。どっちも私の彼女じゃないけど。私の恋人、そして旦那様の地位はレオンハルト様の為に空けてあるので！

ぎゃいぎゃいと口論《こうろん》する二人を眺めていると、ドアが開く。入ってきたテオは二人を避けるように部屋の隅を通って、私の許《もと》へとやってきた。

「何を揉めているんですか？」

こっそりと話しかけられ、私は答えに困った。

「なんだろう……私がお菓子作りについて悩んでいる話から始まったはずなんだけど、かなり脱線しているような」

「また何か作るんですか？　良かったら手伝いますよ」

私が困り顔をしているのに気づいたからか、テオはそれ以上、口論の内容に言及《げんきゅう》しようとはしなかった。話題を変えて、手伝いを申し出てくれる。

「いいの?」

「もちろんよ」

テオに手伝ってもらえるなら、色々と試せる。

焙煎と湯煎の温度や時間の調節で、結構変わると思うんだよね。魔法で全体的に温めてもらえたら、ムラも少なくなりそうだし。

テオは魔法のコントロールが上手なので、安心して任せられる。

「お願いしたいわ」

「じゃあ、師匠《ししょう》に許可をもらっておきますね」

見習いである二人が魔法を使うには、魔導師長であるイリーネ様の許可が必要だ。

スムーズに話を進められるよう先回りしてくれるテオに、私は感謝した。

「ありがとう。じゃあ、日にちが決まる前に材料を用意しておかなくちゃ」

「ちなみに、試食はさせていただけます？」

悪戯を企《たくら》む子供みたいな顔で笑うから、「当たり前よ」と頷いた。

「ところで、オレの魔法の出番ってあるんですか？」

「たくさんあるわ。まず、なるべく温度を均一《きんいつ》にして、ムラなく豆を焙煎したいのだけれど、出来るかしら？」

紙をテオの方向へ向けて、二人で覗き込む。

オーブンの天板で豆をローストするイメージを、簡単な図で説明する。

「いい鍛錬になりそうですね。任せてください」

私の下手くそな絵でも、テオは理解してくれたようだ。力強く頷く彼を、頼もしいと思う。

「あとはね、湯煎したいの。お湯の温度も……」

再び絵を描き始めると、テオは私に身を寄せて手元を覗き込む。しかし途中で、誰かの腕に阻《はば》まれた。

「ちょっと。なに二人で仲良く話しているのさ」

テオを押しやったのはルッツだった。不機嫌そうな顔で、テオを睨み付けている。

「抜け駆けとか酷くない？」

「お前と騎士様が勝手に、姫様を除《の》け者にして言い合いを始めたんだろ」

呆れ顔で言ったテオは、「ねえ？」と同意を求めるように私を見た。

ルッツは痛いところを突かれたと言わんばかりの顔で、言葉に詰まる。

「好きで始めた訳じゃないし！」

「ローゼマリー様、申し訳ありませんでした。お手伝いならば、私めにお任せください」

クラウスは殊勝な顔つきで、私の傍《かたわ》らに跪く。

でも騙《だま》されないよ。元はと言えば、クラウスが突っかかったのが原因だからね。

「ありがとう、クラウス。でも、今回は温度に拘《こだわ》ってみたいから二人にお願いするわ」

「！」

クラウスは目を見開き、動きを止める。漫画だったら後ろに描き文字で、『ガーン』って出ていそうな表情だ。

大袈裟《おおげさ》な反応を見せるクラウスを見て、ルッツは勝ち誇《ほこ》った顔で笑った。

「温度管理なら、オレの出番だね」

「いや、お前、魔法の微調整苦手じゃんか……」

胸を張るルッツに、テオが放った鋭いツッコミは黙殺された。


テオとルッツという強力な助っ人と共に、二回目のチョコレート作りはスタートした。

悩んだけれど、材料は前回のまま。

本当はカカオバターから作ってみたかったけれど、いくら材料があっても足りないので断念した。

流石にチャレンジした事はないが、手動で圧搾《あっさく》するとしたら実一つからとれる油って、ほんの少しだと思うんだよね。

残念だけど、現実的な案じゃないので却下《きゃっか》。

日本ならポチッとクリックすれば、翌日あたりには届くのに。ついでに粉砂糖と脱脂粉乳《だっしふんにゅう》も手に入るのに。便利に慣れてしまった現代日本人としては辛いところだ。

まぁ、ないものは仕方ないと割り切って、努力でどうにかなる方向で頑張ってみよう。

まずは、前回のチョコレートはかなり苦く感じたので、ローストする時間を短くしようと思う。

テオに手伝ってもらって、なるべく均一な温度になるよう心がけながら焙煎する。

そして次に拘ったのは、テンパリング。

湯煎の温度は、熱すぎず、冷たすぎずの五十度が理想……なんて言うのは簡単だけれど、温度計のない現状では、かなり難しい。

チョコレートの固まり具合を見ながらテオに伝える。

下手くそな指示だったのに、テオは私の気持ちを汲み取って、的確にサポートしてくれた。

「そう、そのくらいの温度でちょうどいいわ。ありがとう、テオ」

「姫様の指示通りにやっただけですよ」

予想以上の器用さと、気遣いの上手さに思わず感心する。

テオってなにげにハイスペック男子だよね。現代日本だったらスパダリって呼ばれて、かなりモテていただろう。

ちなみにルッツは、私達の周りをうろちょろしながら自分の出番を待っていた。こっちはこっちで、母性本能擽《くすぐ》るとかいって、年上女子にウケがよさそうだな。

「ルッツ、出番よ」

「任せて！」

最後はチョコレートを冷蔵庫に……ではなく、ルッツに渡して冷やしてもらえば完成。

出来上がったチョコレートは表面もなめらかに仕上がっており、前回よりも見栄えは良い。問題は味だ。

割ったチョコレートの欠片を、それぞれ手に取る。

「いただきます」

ルッツは大きく開けた口に放り込み、テオは噛み砕く。パキッと軽快な音がした。

二人は味わうように、咀嚼《そしゃく》している。

「……どう?」

恐る恐る聞くと、二人は同時に「美味しい」と答えた。

「ちょっと苦いけど、美味い。舌触りが好きかも」

「オレには丁度いい苦さですね。甘さ控え目で、後味もスッキリしていて良い」

概《おおむ》ね好評なようなので、私も欠片を口に入れる。

鼻に抜ける香りは及第点。舌の上で蕩《とろ》ける甘さに遅れてやってくる苦味は、確かに前回よりも大分抑えられていた。

食感はやはりザラつきは残っているものの、食べられない事はない。確実に改善されていると実感出来る仕上がりだ。

うん、美味しい。……美味しい、んだけど。

「姫様は不満そうですね。美味しいのに」

チョコレートを咀嚼しながら、テオは不思議そうな顔で首を傾げる。

「不満というか……」

言葉に詰まってしまったのは、自分でも不思議だったからだ。

料理は好きだけど、職人気質《かたぎ》という訳ではない。今回のチョコレートは、十分満足出来るものだと思うのに。

もやもやと気持ちが晴れないのは、何故なんだろう。

「これ、焼き菓子に入れても美味しそうだよね」

「そうね、作れると思うわ」

ルッツの提案に頷く。

クッキーやマドレーヌに砕いて入れたら美味しいだろう。

いや、それよりもガトーショコラの方がチョコレートを活《い》かせるかも。

「食べたい！」

期待に満ちた眼差しを向けられて、はいはい、と母親になったような気分で返事をした。

次のお菓子作りは、どうやらガトーショコラに決定のようだ。


時間は瞬く間に過ぎて、気づけば二月十四日を迎えた。

バレンタインデー、当日。厨房で作ったガトーショコラが冷めるのを待っている私は、憂鬱《ゆううつ》な溜息を吐き出す。

私の視線の先にあるのは、綺麗に焼き上がったガトーショコラ。そして、その隣にちょこんと置かれたハートチョコレート。

幅三センチくらいの小さなそれは、昨日私が一人で作ったものだ。表面がうっすらと白くなり、形もいびつで一目で失敗作だと分かる。

忙しいルッツとテオを、何度も付き合わせる訳にはいかないと、一人で挑戦してみた結果がこれだ。ちなみにカカオ豆はもう残っていないので、再挑戦も無理。

「なにやってるんだろ、わたし……」

小さな声で、独り言を洩らす。

ゲームオーバーになって、やっと分かった。

たぶん私は、自分一人で作ったものをレオンハルト様に渡したかったんだと思う。

仕上がりに納得がいかないとか、そんな格好良いものではない。単純に、クラウス達にほとんどの作業を任せてしまったものを、私の手作りだって言って渡すのに抵抗があっただけ。

自己満足以外のなにものでもないんだけど、それが偽《いつわ》らざる本音。

「失敗していたら、意味ないけどね」

はは、と乾いた笑いを浮かべてみても虚《むな》しい。

未練《みれん》がましいなぁ、私。

情けなく萎《しぼ》んだ心を実際に見る事が出来るなら、きっと目の前のチョコレートに似ているだろう。

失敗は成功の母というけれど、今は見ているのがちょっと辛い。

後でホットミルクにでも溶かして飲んでしまおう。

来年また頑張ろうと自分に言い聞かせていると、ふいに厨房の扉が鳴った。

おそらく、ルッツかテオだろうと当たりをつける。

しかし聞こえてきた声は、予想外の人のものだった。

「失礼致します」

ドアから入ってきたレオンハルト様に、私は驚いて声を失う。

チョコレートを渡すという当初の目的は達成不可能になっていたので、会おうとも思っていなかったし、会えるとも思っていなかった。

でも、顔を見られるのは嬉しい。

「殿下。クラウスに用があるのですが、少々お借りしても宜しいでしょうか？」

「は、はい」

話しかけられて、声が上擦《うわず》ってしまった。

なんとか返事をすると、レオンハルト様は書類をクラウスに見せながら話を始める。自分に視線が向いていないのをいい事に、横顔を堪能《たんのう》した。

お仕事する姿も格好良い……。

うっとりと眺めていると、落ち込んでいた気分が上昇《じょうしょう》していくのが分かる。現金な自分に気づいても、改める気はない。

「お忙しい中、お邪魔をして申し訳ありませんでした」

話を終えたレオンハルト様は、私へと向き直る。

見られていないからと気を抜いていた私は、慌てて姿勢を正した。

「いいえ。息抜きを兼ねてお菓子を作っていただけですので、お気になさらないでください」

「そういえば、良い香りがしますね」

レオンハルト様は、形の良い鼻をスンと鳴らす。

もしかしてこれはチャンスなのでは？

「ケーキを焼いたんです。宜しければ、召し上がってみませんか？」

勇気を振り絞って誘ってみたら、レオンハルト様は少し困った顔になった。

「ありがとうございます。ですが、お気持ちだけいただきます」

ですよね。

心の中で、がっくりと肩を落とす。

レオンハルト様は、そういう人だ。職務に忠実で、真面目な彼を好きだと思う。だから、残念がる必要はないはず。

申し訳無さそうな表情のレオンハルト様に、これ以上気を遣わせる訳にはいかない。全く気にしていないと伝えるために、笑顔で頷いた。

「お仕事中ですものね」

ちゃんと笑えたと思ったのに、何故かレオンハルト様は益々困った顔になってしまう。

視線をさまよわせたレオンハルト様は、ケーキの辺りで目を留める。

「殿下、こちらも菓子なんでしょうか？」

彼の視線が出来損ないのハートチョコレートを捉えていると知って、私は大いに慌てふためいた。

こんな事態は想定外だ。

「それは、その、失敗作なんです！　本当は美味しいお菓子なんですけど、これは食べられるような出来じゃなくてっ」

顔に熱が集まっているのが、自分でも分かる。

恥ずかしくて、逃げ出してしまいたい。

未練がましくとっておいた結果、失敗作を一番見られたくない人に見られてしまったなんて。

「す、捨てようと……」

言い訳めいた言葉は、尻すぼみに消える。

それでもちゃんとレオンハルト様には届いていたらしく、彼は眉を下げた。

「捨てるんですか？」

勿体ないと続きそうな言葉に、いらぬ期待が顔を覗かせる。

いやいや、駄目よ。こんな失敗作をレオンハルト様にあげるなんてとんでもない。

でも、せっかくの機会だ。来年、美味しく出来たら、食べてもらえるかな。覚えていてもらえるかも微妙な約束だけど、言うだけなら許される？

「捨てるなら、いただいても宜しいでしょうか？」

「……え？」

考え事をしていた私は、レオンハルト様の言葉を理解するのに数秒かかった。その間に、長い指が、小さなハート型のチョコレートを摘《つま》み上げる。

あ、と洩れた無意味な声に、レオンハルト様の「いただきます」という声が被さる。呆然と固まる私の目の前で、不格好なハートは、レオンハルト様の口の中に放り込まれてしまった。

「えええー……」

思わず手を伸ばすが、もちろん、なんの効果もなかった。硬そうな咀嚼音が響くのが、酷く居た堪れない。

大声を上げて逃げ出してしまいたい。

だって、絶対美味しい音じゃないもの！

絶望的な気持ちで見守っていると、レオンハルト様の喉がごくんと鳴った。

「ごちそうさまでした。行儀《ぎょうぎ》が悪くて申し訳ありません」

「そ、それはいいんですが……口直しに、なにか。えっと、お水用意しますね」

水差しを探す私を見て、レオンハルト様はキョトンと目を丸くした。

「美味しかったですよ？」

不思議そうに言われると、お世辞なんじゃないかと疑う気も起きない。

「ほろ苦くて、オレ好みです」

自然体で感想を述べてから、素が出ている事に気付いたらしいレオンハルト様は、口元を押さえた。『オレ』なんて一人称を聞けるのはレアだ。

でもそれ以上に嬉しい事が多すぎて、何から喜べばいいのか分からない。

失敗作なのに、食べてくれた。美味しいって、言ってくれた。しかも好みの味なんだって。

口元が緩むのを止められない。

どうしよう。嬉しくて、死んでしまいそうだ。

「団長。お急ぎなのでは？」

大人しく私達のやり取りを見守っていたクラウスだったが、耐えかねたかのように苦い顔で、私達の会話に割り込む。

恨みがましい目でクラウスを見るが、知らん顔をされた。

「ああ、そうだな。では、殿下。失礼致します」

「あ、あの！」

去っていく背中を、つい引き止めてしまった。

「はい」

振り返ったレオンハルト様は、私の前までわざわざ戻ってきてくれた。

呼び止めたのはいいけれど、どうしよう。なんて言えばいい？

急《せ》かす事なく待っていてくれるレオンハルト様に勇気をもらい、私は意を決して口を開く。

「来年は、もっと美味しく作るので！　その……っ」

バレンタインデーなんて、私しか知らない。私にしか意味のない行事だ。

でも、褒めてもらえて欲が出てしまった。来年こそは、ちゃんと満足のいく出来のものを渡したい。私が美味しいと思うものを、レオンハルト様にも食べて欲しい。

何度も閊《つか》えた言葉は、途中で消えてしまう。

しかしレオンハルト様は、私の言いたい事を汲み取ってくれた。

黒曜石《こくようせき》の瞳を柔らかく細め、彼は微笑む。

「はい。楽しみにしております」

ああ、もう。

どれだけ私を夢中にさせたら気が済むのですか。

幸せな気持ちで、八つ当たりめいた愚痴を心の中で呟いた。


「姫様、ごきげんですね」

綺麗に焼き上がったガトーショコラを切り分ける手を止め、テオを見る。

「そうかしら？」

「オレも思った。だって姫が鼻歌なんて珍しいよね？」

「えっ」

テオに同意を示すルッツの言葉に、私は唖然とした。

全然、気づいていなかった。自覚のないままに私は、鼻歌を口ずさんでいたらしい。

恥ずかしくて俯く。そっと押さえた頬は、ほんのり熱を持っていた。

「ちょっと音が外れていて可愛かった」

「今すぐ忘れてちょうだい」

まさかの恥の上塗り。

自分が音痴《おんち》だと知らなかったのでショックだ。

さっさと忘れてもらう為にも、皿に盛ったガトーショコラをルッツの前に置く。

「美味しそう」

私の目論見《もくろみ》通り、ルッツの関心はガトーショコラへと移った。

よしよし、チョロいぞ。

「そういえば、何故チョコレートを作ろうと思ったんですか？」

テオはガトーショコラの載《の》った皿を受け取りながら、思い出したかのように質問してきた。

どうしようか。全てを正直に話すと、前世やら異世界の話になってしまう。一部分だけぼかして話せば、大丈夫かな。

少し考えてから、口を開いた。

「遠い異国では、感謝の気持ちや好意を表す為に、チョコレートってお菓子を贈る行事があるらしいの。どの本で読んだのかは忘れてしまったけれど、美味しそうだったから、作ってみたくなって」

「好意……」

ガトーショコラに釘付けだったルッツは、顔をあげて小さな声で呟く。

「ルッツ、そっちじゃない。感謝の気持ちの方だ」

「わ、分かってるよ！」

呆れ顔のテオに指摘されて、ルッツは顔を赤らめた。

バレンタインデー当日の男子高校生みたいで微笑ましい。

私も来年こそは、本命チョコレートで参戦出来るといいな。

賑やかな会話を聞きながら、来年の二月十四日に思いを馳せた。

転生王女は今日も旗《フラグ》を叩き折る

転生王女は今日も旗《フラグ》を叩き折る　0

*本作は「小説家になろう」（https://syosetu.com/）初出の作品をもとに書き下ろし書籍化したものです。
*この作品はフィクションです。実在の人物・団体・事件・地名・名称等とは一切関係ありません。

2020年10月20日　第一刷発行

著者 …… ビス

イラスト …… 雪子
発行者 …… 辻 政英
発行所 …… 株式会社フロンティアワークス
〒170-0013　東京都豊島区東池袋3-22-17
東池袋セントラルプレイス5F
営業　TEL 03-5957-1030　FAX 03-5957-1533
アリアンローズ公式サイト　http://arianrose.jp
装丁デザイン …… 株式会社 TRAP
組版 …… シナノ書籍印刷株式会社
印刷所 …… 大日本印刷株式会社